मोहन दास

मोहन दास

(कॉमरेड विजेंद्र सोनी को, इस उम्मीद के साथ कि वे मोहन दास के साथ अन्त तक खड़े रहेंगे।)

उदय प्रकाश

वाणी प्रकाशन

प्रकाशन के उत्कृष्टतम 62 वर्ष

सजिल्द पहला संस्करण : 2006
सजिल्द दूसरा संस्करण : 2008
सजिल्द तीसरा संस्करण : 2009
सजिल्द चौथा संस्करण : 2013
सजिल्द पाँचवाँ संस्करण : 2017
सजिल्द छठा संस्करण : 2020
सजिल्द सातवाँ संस्करण : 2024
सजिल्द आठवाँ संस्करण : 2025

vaniprakashan.com

वाणी प्रकाशन

4695, 21-ए, दरियागंज, नयी दिल्ली-110 002

फ़ोन : + 91 11 23273167, 23275710

शाखाएँ

अशोक राजपथ, पटना-800 004, बिहार

कॉफ़ी हाउस कैम्पस, महात्मा गांधी मार्ग, प्रयागराज-211 001, उत्तर प्रदेश

महात्मा गांधी अन्तरराष्ट्रीय हिन्दी विश्वविद्यालय, वर्धा-442 001, महाराष्ट्र

sales@vaniprakashan.in
vaniprakashan@gmail.com

Mohan Das
by Uday Prakash

ISBN : 978-81-8143-565-1

Story

मूल्य : ₹ 295

जी.एस. ऑफ़सेट, दिल्ली-110 095 में मुद्रित

वाणी प्रकाशन का लोगो मक़बूल फ़िदा हुसेन की कूची से

प्रकाशकीय

उदय प्रकाश की महाकाव्यात्मक कहानी 'मोहन दास' का 'हंस' (अगस्त, 2005) में प्रकाशित होना एक परिघटना की तरह था। प्रकाशित होने के साथ ही अनेक भाषाओं में इसके अनुवाद हुए और देश के कई शहरों में युवा रंगकर्मियों ने इसका मंचन करना शुरू कर दिया। 21 मार्च, 2006 को पटना में 'हिरावल' ने, 29 मार्च को जवाहरलाल नेहरू विश्वविद्यालय, नयी दिल्ली की इप्टा इकाई ने, 27 अप्रैल को गुना और अशोक नगर (मध्य प्रदेश) की इप्टा इकाइयों ने इसका मंचन किया। 8 मई को अमृतसर और जालन्धर में इसके पंजाबी अनुवाद का बहुत सफल मंचन हुआ। और यह तो अभी शुरुआत भर है। आज के कठिन समय के जटिल यथार्थ को आख्यान में ढालने का जो अपूर्व कौशल उदय प्रकाश में है, वह उन्हें हिन्दी कथा–साहित्य की शिखर प्रतिभाओं के समकक्ष खड़ा करता है। आज की युवा पीढ़ी तो जैसे उदय प्रकाश की रचनाओं की प्रतीक्षा ही करती रहती है। ज्ञानरंजन के सम्पादन में निकलने वाली प्रतिष्ठित पत्रिका 'पहल' अंक : 82 की टिप्पणी है :

> 'जब भी उदय प्रकाश की कोई कहानी आती है, एक घटना–सी घटती है। वातावरण में एक खलबली, हलचल–सी होने लगती है। कुछ लोग हाय–तौबा भी करते हैं। उनके विरोधी अपने तर्क तय कर लेते हैं,

प्रशंसक मुक्त और विभोर हो जाते हैं। लेकिन एक बात तय है कि उदय प्रकाश चुपचाप युवा पाठकों की गोद में बैठ चुके हैं। हिन्दी की सीमाओं के बाहर भी गहरे सम्मान के साथ पहुँच चुके हैं। उदय प्रकाश के पास एक विज़न काम करता रहता है, वे लड़खड़ाते नहीं हैं। उदय प्रकाश की कहानियों के समर्थकों के पास डिफ़ेण्ड करने के लिए एक अमूर्त ताक़त है। और उनके बहुतेरे पाठकों के बारे में हमारी समझ यह भी है कि वे उबलते नहीं, ठण्डे हैं और चुपचाप उनको प्यार करते चले जाते हैं। मतलब यह कि चिट्ठियाँ लिखने वाले पाठकों से अलग उदय का एक अपूर्व पाठकीय संसार है। हिन्दी कहानी के लद्धड़ी हिस्से का प्रतिनिधित्व करने वाले कहानीकारों को यह मुग़ालता है कि वे कहानी के फ़ॉर्मेट को तोड़ रहे हैं, जबकि वे अधिकाधिक टीन पीट रहे हैं या मलबे के मालिक से अधिक कुछ बचे नहीं हैं।'

'मोहन दास' पर फ़ीचर फ़िल्म का निर्माण हो चुका है। मराठी, उर्दू, पंजाबी, अंग्रेज़ी और अन्तरराष्ट्रीय भाषाओं में इसका अनुवाद हो चुका है। विश्वास है पाठक उनकी इस कहानी को एक अलग पुस्तक के रूप में पाकर प्रसन्न होंगे।

अरुण माहेश्वरी

प्रबन्ध निदेशक, वाणी प्रकाशन

"[T]he most glaring tendency of the British Government system of high class education has been the virtual monopoly of all higher offices under them by the Brahmins."

–'Salvery' by Mahatma Jotirao Phule, Education Department, Government of Maharashtra.

"The British...validated Brahmin authority by employing, almost exclusively, Brahmins as their clerks and assistants."

–Arthur Bonner, 'Democracy in India: A Hollow Shell', The American University Press, Washington, 1994.

डर का रंग कैसा होता है? धूसर, सलेटी, ज़र्द, हल्का स्याह या फिर राख जैसा? ऐसी राख जिसके भीतर आग अभी पूरी तरह मरी न हो!...या फिर कोई ऐसा रंग, जिसके पीछे से अचानक कोई सन्नाटा झाँकने लगता है और उसकी दरार में से एक फ़ासले पर कोई सिसकी अटकी हुई दिखती है?

समुद्र या नदी की किसी लहर द्वारा अचानक दूर रेत पर उछालकर पटक दी गयी मछली की फटी आँखें आपने देखी हैं कभी? मरती हुई, खुली–फटी आँखें...? ...उस जैसा रंग...!

फ़िल्म का अच्छे से अच्छा अभिनेता भी अपनी आँखों की पुतली, सफ़ेदा और चेहरे पर हज़ार कोशिशों के बावजूद वह रंग नहीं पैदा कर सकता, जो असल ज़िन्दगी में किसी बेहद डरे हुए जीते–जागते मनुष्य की आँखों और चेहरे में दिखायी देता है। ऐसा मनुष्य, जो कहीं दिनभर के काम से थककर घर लौट रहा है, उसके हाथ में एक झोला है, जिसमें बच्चों के लिए सस्ती टॉफ़ियाँ और खिलौने हैं और पत्नी के लिए खाँसी की गोलियाँ, लेकिन एक मोड़ के बाद वह दंगाइयों के बीच किसी सुनसान गली में अचानक फँस गया है और अपने दुर्भाग्य से वह उस सम्प्रदाय, नस्ल या गिरोह का नहीं है, जिस भीड़ ने उसे घेर रखा है।

ठीक उस पल, अपनी हत्या के एकाध पल पहले, उस मृतक की आँखों, चेहरे और समूचे शरीर में वह रंग दिखता है, जिसका ज़िक्र मैंने किया था और जिसे उस दिन मैंने मोहन दास में देखा।

'शिंडलर्स लिस्ट' या फिर उस जैसी अनेक फ़िल्मों में आपने उस जर्मन रेलगाड़ी का दृश्य देखा होगा, जिसे कहीं दूर भेजा जा रहा है। उस रेलगाड़ी के डिब्बों की खिड़कियों से बाहर ताक़ते

यहूदी बच्चों, औरतों और बूढ़ों के चेहरे आपकी स्मृति में ज़रूर होंगे! या अभी पिछले दिनों गुजरात के कई शहरों–मोहल्लों के मकानों की छतों, खिड़कियों और परछत्तियों में से बाहर झाकते चेहरे।

डर का कुछ–कुछ वैसा ही रंग हुआ करता है।

मोहन दास सामने खड़ा है और अपनी काँपती हुई, कमज़ोर आवाज़ में कह रहा है–'काका, मुझे किसी तरह बचा लीजिए! मैं आपके हाथ जोड़ता हूँ! ...बाल बच्चे हैं मेरे! उधर बाप मर रहा है टीबी से!...आप कहें तो मैं आपके साथ चलकर अदालत में हलफ़नामा देने के लिए तैयार हूँ कि मैं मोहन दास नहीं हूँ। मैं इस नाम के किसी आदमी को नहीं जानता! कोई और होगा मोहन दास! बस मुझे किसी तरह बचा लीजिए।'

मोहन दास को आप देखेंगे तो पहले तो आपको उस पर दया आयेगी, लेकिन बाद में आप भी डर जायेंगे। क्योंकि यह समय बहुत डरावना है और यह लगातार डरावना होता जा रहा है।

मोहन दास और उसके परिवार की कई पीढ़ियों को मैं जानता हूँ। गाँवों में ऐसा ही होता है। उसे देखकर आप सोच भी नहीं सकते कि वह इस ज़िले के सरकारी एम.जी. डिग्री कॉलेज से बाकायदा ग्रेजुएट है। फ़र्स्ट डिवीज़न के साथ।...और विश्वविद्यालय की टॉपर सूची में, आज से दस साल पहले उसका नाम, दूसरे नम्बर पर मौज़ूद था। उसका आज का हुलिया उसके इस अतीत की कत्तई कोई सूचना नहीं देता। एक फटी हुई बेरंग हो चुकी, जगह–जगह पैबन्द लगी, किसी समय में नीली डेनिम की फुलपैंट, एक सस्ते टेरिकॉट की आधी बाजू की, दायें कन्धे के पास उधड़ी हुई बुश्शर्ट। इसमें किसी समय चौख़ाने बने थे, जिनकी वे लकीरें धुन्धली होकर मिट रही हैं, जिनके रंग कभी हल्के रहे होंगे। और एक रबड़ का सस्ता–बरसाती जूता, जिसे मिट्टी, धूल, दुख, पानी, समय और धूप ने इतना चाट डाला है कि अब कभी चमड़े और कभी मिट्टी का बना दिखता है।

मोहन दास की उम्र इस समय पैंतीस–सैंतीस के आसपास होगी, लेकिन देखने में वह मेरे बराबर या मुझसे कुछ बड़ा ही लगता है।

एक तरह की बदहवासी और भागमभाग में मैंने उसे हमेशा घिरा पाया। गाँव में उसे कहीं ठहर बैठकर बात करते, ताश खेलते, हँसी ठिठोली करते या टीवी देखते नहीं देखा। एक कोई लाचार और भयभीत जल्दबाज़ी है, जो उसे कहीं स्थिर नहीं रहने देती। मोहन दास के बारे में लोग कहते हैं कि हमेशा कोई–न–कोई काम पकड़कर रखता है क्योंकि उसे पानी पीने के लिए हर रोज़ एक नया कुआँ खोदना पड़ता है और खाने के लिए हर रोज़ की नयी फ़सल पैदा करनी पड़ती है। उसके परिवार में रोटी–पानी के लिए उसकी बाट जोहने वाले भी एक नहीं, पाँच हैं। पाँच पेट और पाँच मुँह। मोहन दास का बाप काबा दास, जिसे पिछले आठ साल से टीबी है। उसकी माँ पुतलीबाई, जिसकी आँखें किसी मुफ़्त नेत्र शिविर में मोतियाबिन्द का ऑपरेशन कराने के बाद अन्धी हो चुकी हैं और अब उसे चारों ओर सिर्फ़ अँधेरा दिखायी देता है। उसकी बीवी कस्तूरीबाई, जो और कुछ नहीं, अपने पति की ही परछाई है। कस्तूरीबाई मोहन दास के काम में हाथ बटाती है और घर का चूल्हा–चौका सँभालती है। गाँव के लोग कहते हैं कि आज तक कभी दोनों को लड़ते–झगड़ते नहीं देखा गया। लगता है, वे दरअसल विपदाएँ और आफ़तें ही होती हैं, जो स्त्री–पुरुष के सम्बन्धों की नींव को मज़बूत या कमज़ोर बनाया करती हैं।

बाक़ी बचे दो जनों में से एक है देव दास और दूसरी है शारदा। मोहन दास और कस्तूरी की दो सन्तानें। उम्र आठ और छह साल। देव दास गाँव के ही प्राथमिक पाठशाला में पढ़ता है और स्कूल के बाद गाँव के पास से गुज़रने वाली सड़क पर खुले 'दुर्गा ऑटो वर्क्स' में गाड़ियों में हवा भरने, पंचर जोड़ने और स्कूटर–मोटर साइकिलों के छोटे–मोटे रिपेयर में हेल्पर का काम

करता है। इस काम के उसे महीने में सौ रुपये मिलते हैं। यानी कह सकते हैं कि मोहन दास का बेटा देव दास अपनी पढ़ाई के दौरान अपने दाल–भात का इन्तज़ाम ख़ुद अपनी मेहनत से कर रहा है। यानी वह आत्मनिर्भर है। पाठशाला के अध्यापकों का कहना है कि चौथी कक्षा में देव दास पढ़ाई में सबसे तेज़ है, लेकिन जब यह बात उसके पिता मोहन दास को बताई जाती है, तो उसकी आँखें अधर में कहीं टँग जाती हैं। शायद उसे दूर आकाश में कुछ दिखायी देने लगता है। उसके चेहरे की लकीरें काँपती हैं। आँखों की चमक बुझने लगती है। फिर जैसे किसी गहरे खोह में से भर्राई हुई उसकी आवाज़ बाहर निकलती है–'...हम भी तो बी.ए. फर्स्ट क्लास हैं। दिन–रात घोंटते थे...! क्या हुआ?'

इसके बाद मोहन दास की आँखों में चमक आती है और पपड़ियाये होंठों में मुस्कुराता हुआ वह कहता है–'आजकल हम कम्प्यूटर सीख रहे हैं। बस स्टैंड पर जो 'स्टार कम्प्यूटर सेंटर' है, वहीं जाते हैं। इमारती सामान और हार्डवेयर की दुकान चलाने वाले मोहम्मद इमरान का बेटा शकील इस कम्प्यूटर सेंटर का

मालिक है और कहता है–'चाचा, अगर टाइपिंग, कंपोज़िंग और प्रिंट निकालने का काम सीख लिया तो महीने में छह सौ के ऊपर दूँगा।' मोहन दास कहता है–'टाइपिंग में इस महीने हमने तीस की स्पीड निकाली। थोड़ा–मोड़ा काम मिल जाता है, पर क्या है कि अभी ग़लतियाँ बहुत हो जाती हैं और बहुत–सा टाइम उन्हें सुधारने में निकल जाता है।'

लेकिन ये सारी बातें तो बहुत पहले की हैं। मोहन दास इन दिनों एक भारी विपत्ति में है और बार–बार कहता है–

'हमारा नाम मोहन दास नहीं है।...हम अदालत में हलफ़नामा देने को तैयार हैं। जिसे बनना हो बन जाये मोहन दास। आप लोग किसी तरह हमें बचा लीजिए!...हम आप सबके हाथ जोड़ते हैं।'

मोहन दास का संकट क्या है? यह बताने के पहले, उसके परिवार के पाँचवें सदस्य, यानी मोहन दास की छह साल की बेटी शारदा का ज़िक्र पूरा कर लें। छह साल की शारदा गाँव की सरकारी प्राथमिक पाठशाला में दूसरी कक्षा की छात्रा है और स्कूल के बाद वह ढाई किलोमीटर दूर, दो तालाबों के पार बसे गाँव बिछिया टोला चल देती है, जहाँ से वह रात नौ–दस बजे तक घर लौटती है। बिछिया टोला में वह बिसनाथ प्रसाद के एक साल के बेटे को सँभालने और उनके घरेलू कामकाज में लमरा पहुँची करती है। इसके एवज़ में उसे रात का खाना और तीस रुपया महीना मिलता है।

बिछिया गाँव के बड़े किसान और जीवन बीमा निगम में बाबूगिरी करने वाले नगेन्द्रनाथ की कलेक्टर से लेकर मन्त्री तक पहुँच और साख–रसूख है। दो बार ग्राम पंचायत के सरपंच और एक बार ज़िला जनपद के उपाध्यक्ष रह चुके हैं। बिसनाथ प्रसाद, जिसके एक साल के बेटे को शारदा सँभालती है, इन्हीं नगेन्द्रनाथ के पाँच में से एक बेटा है। हालाँकि उसका असली नाम विश्वनाथ प्रसाद है, लेकिन गाँव के लोग उसे बिसनाथ ही बुलाते हैं और पीठ पीछे कहते हैं–'असल करैत है, बिसनाथ। ग़ज़ब का

बिसधारी। किसी को फूँक मार दे तो समझो कि टें...! बाप नागनाथ तो बेटा साँपनाथ...! अगर तुमको देखकर मुस्किया रहा है और गुड़ लपेटकर बोल रहा है, तो बस हुसियार हो जाओ! डँसने की पूरी तैयारी है।' बिसनाथ के पास एक चीज़ जो नहीं है, वह है ईमान। कभी–कभार शराब पी लेने पर वह ख़ुद कहता है–'एक केर टोपी दूसर के मूंड़ माँ टांगै वाली हेराफेरी माँ जउन आनन्द है भइया, ओखर सामने आन केर मेहरारू का जाँघ के नीचे दाबै वाला मज़ा बहुत छोट चीज़ आय...! हा...हा...हा...!' उसकी उठा–बैठकी भी गाँव और आसपास के ऐसे लोगों के साथ है, जिनके बारे में कभी कोई नेक बात नहीं सुनी गयी।

बिसनाथ ऊँची जाति का है, जब कि मोहन दास नीची जात का कबीरपन्थी है। उसकी बिरादरी के बहुत से लोग आज भी सूपा–चटाई, दरी–कम्बल बुनते हैं। मोहन दास हमारे गाँव ही नहीं, आसपास के कई गाँवों में अपनी बिरादरी का पहला लड़का था, जिसने बी.ए. पास किया। और वह भी फर्स्ट डिवीज़न और मेरिट में दूसरे नम्बर के साथ।

(यहाँ पर रुक जाइये। सच बताइये, कहीं आपको यह तो नहीं लगने लगा कि मैं आपको कोई प्रतीकवादी कूटकथा सुनाने बैठ गया? इस कहानी के मुख्य पात्र का नाम मोहन दास, पत्नी का नाम कस्तूरीबाई, माँ का नाम पुतलीबाई और बेटे का नाम देव दास...?

कस्तूरीबाई का नाम कस्तूरबा की याद दिलाता है, मोहन दास तो ख़ैर एकदम साफ़ है। अगर आप महात्मा गाँधी की 'आत्मकथा' उर्फ़ 'दि स्टोरी ऑफ़ माई एक्सपेरिमेंट्स विद ट्रुथ' पढ़ें तो पता चलेगा कि उनके पिता करमचन्द का दूसरा नाम काबा भी था। और माँ का नाम भी पुतलीबाई...फिर उनके बेटे देव दास का क़िस्सा भला कौन नहीं जानता? अगर आप मोहन दास

का हुलिया और शारीरिक ढाँचा देखें तो आपको फिर वही इतिहास घेर लेगा। अन्तर बस इतना है कि वह ऐसा मोहन दास दिखायी पड़ता है, जिसे पोरबन्दर, काठियावाड़, राजकोट, विलायत, दक्षिण अफ्रीका या बजाज–बिड़ला भवन में नहीं, छत्तीसगढ़ और विन्ध्यप्रदेश के जंगल–पतेरा, खाई–खोह, खेत–बगार में धूप–भूख, रोग–पसीना और अन्याय–अपमान की आँच में पाला–पोसा गया हो।...बाक़ी एकदम वही...

...लेकिन मैं आपको ठीक इसी जगह, कहानी को बीचोंबीच रोककर, यह बता देना चाहता हूँ कि नाम–रूप की यह समानता महज़ एक संयोग ही है। जब मैं आपके लिए यह कहानी लिखने बैठा, उस समय मुझे ख़ुद पता नहीं था कि हमारे गाँव के मोहन दास और उसके परिवार के सदस्यों के ब्यौरों में इतिहास की कोई ऐसी अनुगूँज भी छिपी हो सकती है।

विश्वास कीजिए, ऐसा कुछ भी नहीं है। यह कोई प्रतीक कथा, रूपक या कूटाख्यान नहीं है। यह तो एक बिल्कुल सपाट–सा क़िस्सा है। बल्कि सच तो यह है कि यह क़िस्सा भी नहीं है, क्योंकि मैं हमेशा की ही तरह, कहानी की आड़ में, आपको फिर से अपने समय और समाज की एक असली ज़िन्दगी का ब्यौरा देने बैठा हूँ। मोहन दास वास्तव में एक जीता–जागता असली आदमी है और उसकी ज़िन्दगी इस समय दरअसल संकट में है। हाँ, यह बात अवश्य है कि मैंने सच्चाई में हमेशा की तरह इस बार भी थोड़ा–बहुत हेरफेर किया है।

लेकिन यह हेरफेर वैसा ही है, जैसे कोई हाथी को छुपाने के लिए उसके विशाल शरीर के ऊपर डेढ़ हाथ का अंगौछा बिछा दे।

आप मानेंगे कि सच एक हाथी होता है और जब कोई कवि या कहानीकार उसके ऊपर अंगौछा बिछाकर, उसे चोरी से हाँककर आप सबके सामने खड़ा करता है, तो हमेशा उसके अपने जीवन के सारे पुल टूट जाते हैं और उसकी सारी नावें जल जाती हैं।

...तो,...मोहन दास एक असलियत है। इसकी पुष्टि आप चाहें तो हमारे गाँव ही नहीं, इस देश के किसी भी गाँव के किसी भी बाशिन्दे से पूछकर कर सकते हैं।)

मोहन दास ने जब बी.ए. पास किया तो उसके बाप काबा और माँ पुतलीबाई को पूरी उम्मीद थी कि अब बहुत जल्द उसे कोई अच्छी–सी नौकरी मिल जायेगी। मोहन दास की शादी चौदह–पन्द्रह साल की उम्र में ही कटकोना गाँव के बिरंजू की सुन्दर बेटी कस्तूरीबाई के साथ हो गयी थी। कस्तूरी मेहनती थी। ससुराल आते ही उसने घर का सारा काम ही नहीं सँभाला बल्कि आसपास छोटी–मोटी मजूरी करके कुछ रुपये भी कमाना शुरू किया, जिससे मोहनदास की पढ़ाई का खर्च निकल सके। सभी की आँखें मोहन दास पर ही टिकी हुई थीं। बी.ए. करने वाला वह अपनी जात–बिरादरी का पहला ही लड़का था। वह भी फर्स्ट डिवीज़न। परीक्षा का परिणाम जब निकला तब उसके कई फ़ोटो भी अख़बारों में छपे। कोचिंग चलाने वाली कंपनियों ने भी उसके फ़ोटो छपवाये।

मोहन दास ने रोज़गार दफ़्तर में अपना पंजीयन कराया और 'रोज़गार समाचार' में छपने वाले विज्ञापनों को देखकर जहाँ तहाँ अर्जियाँ भेजने लगा। रोज़गार कार्यालय से समय–समय पर उसके पास कार्ड आते रहे। उसने पी.एस.सी. की तैयारियाँ कीं। उसने इतनी मेहनत की, जितनी पढ़ाई के दौरान भी नहीं की थी।

मोहन दास हर ज़गह जाता। लिखित परीक्षा में सबसे ऊपर रहता, लेकिन जब इंटरव्यू होता तब ख़ारिज कर दिया जाता।

वह पाता कि उसकी जगह आठवीं–दसवीं पास, थर्ड–सेकेंड डिवीज़न बी.ए. वाले लड़के नौकरियों में ले लिए जाते। उनमें से हर किसी के पास कोई–न–कोई सिफ़ारिश रहती थी। हर कोई किसी–न–किसी अफ़सर, नेता या बड़े आदमी का दामाद, बेटा, भतीजा, भाँजा या चापलूस या कर्मचारी वग़ैरह होता। मोहन दास हर बार असफल लौटता, लेकिन उसने उम्मीद तब भी नहीं छोड़ी थी। वह जानता था कि हिन्दुस्तान में भ्रष्टाचार बहुत है, लेकिन तब भी दस–बीस प्रतिशत लोग अपनी मेरिट और योग्यता के दम पर नौकरी पा जाते हैं।

धीरे–धीरे मोहन दास को यह भी पता चला कि कई नौकरियों की तो बोली लगती है। अगर उसके बाप काबा दास के पास लाख–पचास हज़ार होते, तो दो–तीन ऐसी नौकरियाँ उसके हाथ से छूटीं, जिनमें वह घूस देकर बहाल हो गया होता।

धीरे–धीरे समय गुज़रता गया। उसकी उम्र सरकारी नौकरी वाली आयु–रेखा पार करने लगी। घर वाले भी निराश होने लगे। कस्तूरी तब भी उसे ढाढस बँधाती। कोई बात नहीं, सरकारी नौकरी नहीं मिलेगी, तो प्राइवेट में देख लेंगे। नहीं तो कोई धन्धा कर लेंगे। आजकल पढ़े–लिखे बेरोज़गारों के लिए सरकार की कई योजनाएँ हैं। कुक्कुट पालन कर लेंगे। अण्डे के अन्धे में ख़ूब फ़ायदा है। मोमबत्ती, अगरबत्ती या आटा–दलिया बनाने का कारखाना डाल लेंगे। सरकार बैंकों से लोन दिलाती है। एक बार साक्षरता का काम भी आया। शिक्षाकर्मी का अस्थायी काम उसे मिल सकता था, लेकिन बाद में पता चला कि जिस अफ़सर के अधीन यह काम था वह अपनी जाति या एक दो राजनीतिक पार्टियों के लोगों को ही उसमें भर्ती कर रहा था। मोहन दास नीची जात का था और किसी भी पार्टी का सदस्य नहीं था।

मोहन दास बहुत सीधा, संकोची और स्वाभिमानी था। इन कामों के लिए जितनी भागदौड़ करनी पड़ती, जितने अफ़सर–हाकिमों के हाथ–पैर जोड़ने पड़ते, यहाँ–वहाँ जो

खिलाना–पिलाना पड़ता, वह उसके वश में नहीं था। ऊपर से, नौकरी की तरह यहाँ भी आपसी होड़ और मार–काट बहुत थी। ऐसा नहीं था कि मोहन दास प्रतिस्पर्द्धा से डरता था, ऐसा होता तो वह बी.ए. की परीक्षा में मेरिट में कैसे आता? लेकिन उसने जल्द ही जान लिया कि स्कूल–कॉलेज के बाहर की असली ज़िन्दगी दरअसल खेल का एक ऐसा मैदान है, जहाँ वही गोल बनाता है, जिसके पास दूसरे को लँगड़ी मारने की ताक़त होती है। और वह ताक़त सोर्स–सिफ़ारिश, जोड़–तोड़, रिश्वत–सम्पर्क, जालसाजी वग़ैरह तमाम ऐसी अवैध और अनैतिक चीज़ों से बनती है, जिनमें से एक भी मोहन दास की पहुँच के भीतर नहीं थी।

मोहन दास ही नहीं, उसकी पत्नी कस्तूरी, बाप काबा और माँ पुतलीबाई, सभी के भीतर उसके सरकारी अफ़सर–हाकिम बनने की उम्मीदें बुझ गयीं, अब तो ले देकर यह लगता कि कुछ भी ऐसा मिल जाये, जिससे बेरोज़गारी और ख़ालीपन से मोहन दास को छुटकारा मिले और घर की दाल–रोटी किसी तरह चलने लगे। इस बीच काबा दास को टीबी हो गया। वह खाँसने लगा और कफ़ के साथ ख़ून के कतरे उगलने लगा। ठीक इसके बाद एक मुफ़्त नेत्र चिकित्सा शिविर में पुतलीबाई की आँखों की रोशनी चली गयी। कस्तूरी पर घर के कामकाज और बाहर की मजूरी के अलावा, सास–ससूर की देखभाल और सेवा–टहल की ज़िम्मेदारी भी आ पड़ी। वह भी ऐसे समय में जब उसे ख़ुद आराम की ज़रूरत थी क्योंकि वह पेट से थी। गर्भ में देव दास आ गया था।

मोहन दास को देखकर लगता, जैसे वह लम्बे अर्से से बीमार है। गाँव में वह कम ही लोगों से मिलता। गाँव–बिरादरी के लोगों का सामना करने से भी कतराता। सभी के पास एक ही सवाल होता था–'क्या कर रहे हो? कुछ जुगाड़ बैठा?'

गाँव के पास कठिना नाम की नदी बहती थी। मोहन दास ने गर्मियों में गाँव के दूसरे लोगों की तरह, नदी की रेत में खीरा,

ककड़ी, तरबूज, खरबूज लगाने का काम किया। पत्नी कस्तूरी ही नहीं, उसके माँ–बाप काबा और पुतलीबाई भी वहाँ आ जाते और पलिया बनाकर, नदी के पानी से पौधों को सींच–सींच कर खेती करते। दोपहर और रात में पारी–पारी तकवानी करते। साल भर में आठ–दस हज़ार की रक़म इस तरह बन जाती, लेकिन कई बार असमय की बरसात से नदी का पानी बढ़ जाता और गाँव

के लोगों की तैयार फ़सल को बहा कर ले जाता। मोहन दास के साथ दो बार ऐसा हुआ। धीरे–धीरे एक गहरे अवसाद और निराशा ने उसके भीतर डेरा डालना शुरू कर दिया। जिस दिन कस्तूरी ने देव दास को जन्म दिया, उस रात मोहन दास अपने घर नहीं लौटा था। वह कठिना नदी की रेत में निचाट पड़ा हुआ आकाश के सुनसान को ताक रहा था। संयोग से वह रात भी अमावस की ही थी, जिस रात देवदास पैदा हुआ। प्रसव के दौरान एक बार तो ऐसा भी हो गया कि कस्तूरी का मरना–जीना लग गया। नाल गले में फँस जाने से बच्चा अधबीच में ही अटक गया और प्रसव कराने आयी बिलसपुरहिन ने घबड़ाकर पीड़ा में बेहोश कस्तूरी को मरा हुआ घोषित कर डाला।

अन्धी हो चुकी माँ पुतलीबाई और टीबी में खाँसता बाप काबा दास, दोनों अपने बेटे मोहन दास को पुकारते–खोजते रहे, लेकिन वह कहाँ मिलता? वह तो उस रात कठिना नदी की रेत में, अमावस के आकाश को किसी मुर्दे की तरह घूरता हुआ, ख़ुद अपने भीतर जीवन का कोई चिह्न खोज रहा था। उसके शरीर की शिराओं में उस रात ख़ून नहीं, अमावस का गहरा काला अन्धकार बह रहा था। और उसके लगभग अवसन्न हो चुके दिमाग़ में नींद नहीं, वे डरावने सपने मँडरा रहे थे, जो किसी भ्रष्ट और पतित हो चुकी व्यवस्था की कोख में ही पैदा हुआ करते हैं।

मोहन दास उस रात नदी किनारे शायद बेहोश ही था, तभी न तो उसे अपने बाप काबा और माँ पुतलीबाई की टेर सुनाई पड़ी, न कस्तूरी की चीख़ें और न ही भिंसारे चार बजे के आसपास अपने नवजात बेटे देव दास का रोना।

सुबह सूरज काफ़ी ऊपर चढ़ आया था, जब धूप की बढ़ती आँच ने गाँव से एक किलोमीटर दूर कठिना नदी की रेत में सोये हुए मोहन दास की नींद या मूर्च्छा तोड़ी।

मोहन दास बहुत देर तक हर पल गर्म होती जाती रेत पर यों ही पड़ा रहा। उसका शरीर निढाल था और स्मृतियाँ गड्मड्ड

थीं। उसे यह समझने में थोड़ा वक़्त लगा कि वह अपने घर के ओसार या आँगन में नहीं, कठिना की उस रेत पर पड़ा हुआ, जहाँ अभी कुछ ही दिनों पहले उसने मतीरा, ककड़ी, खरबूज और लौकी–टमाटर लगा रखे थे, और असमय की बारिश से उमड़ी नदी की सर्वभक्षी धार ने वह सब कुछ निगल लिया था।

मोहन दास जब वापस अपने घर लौटा तो वहाँ गाँव के बहुत सारे लोग जमा थे। औरतें भी थीं। लगता है सब उसी के बारे में बात कर रहे थे क्योंकि उसे देखते ही सब चुपा गये और एक–एक कर वहाँ से तितर–बितर हो गये।

'पुतऊ बस दयऊ की किरपा से बची है। गाँव वाले तो तुलसी–गंगाजली ले के आ गये थे।' माँ पुतलीबाई ने आँचल की छोर से आँखें पोंछते हुए कहा। 'जा के देख ले। टोरा देउता हस झलकथे।'

मोहन दास उस कोठरी में गया, जिसमें कस्तूरी अभी कुछ ही देर पहले मौत के मुँह से निकलकर अपने बच्चे के साथ खाट पर सोई हुई थी। बोरसी में कंडे के साथ नीम–अजवाइन जल रहे थे और कोठरी में उसका धूआँ भर गया था। कस्तूरी ने बहुत कमज़ोर आँखों से मोहन दास को देखा। उसे देखने में इतनी असहायता और ग्लानि थी कि मोहन दास का कलेजा दहल गया। एक और पेट ने आज के दिन घर में जन्म ले लिया। अब कम–से–कम छह–आठ महीने तक हर रोज़ आधा किलो गाय के दूध का इन्तज़ाम करना होगा। कस्तूरी के लिए महीने भर देसी सोंठ, गुड़ तथा घी और हल्दी के साथ भात। छठी, बरहों और पसनी (अन्नप्राशन) में नात रिश्तेदारों को खिलाने–पिलाने का ख़र्चा ऊपर से। लेकिन तभी मोहन दास की नज़र कस्तूरी के बगल में सोये हुए बच्चे पर पड़ी। मोटा–ताज़ा, गोल–मटोल बच्चा बिल्कुल निश्चित अपनी माँ से सटकर सोया पड़ा था। बहुत सुन्दर और अबोध। सचमुच वह किसी देवता का बच्चा लग रहा था। मोहन दास के भीतर पहली बार एक पिता की संवेदना ने

जन्म लिया। उसकी आँखें बच्चे से हट ही नहीं रही थीं। तभी बाहर ओसारे से काबा की आवाज़ सुनाई पड़ी–'सीताराम डाकिया आये हबै। कउनो कारड लाइस हबै।'

मोहन दास ने देखा, इसी ज़िले की सबसे बड़ी कोलियरी से नौकरी के लिए इंटरव्यू लेटर आया था। मोहन दास के पास पिछले कई महीनों से इस तरह के कार्ड आने बन्द हो गये थे। तो क्या रात में कठिना नदी की रेत में सोते हुए जो कुछ वह सोच रहा था, उसकी कोई भनक आकाश के किसी ग्रह–नक्षत्र को लग गयी? किसी देवता ने उसके दुखों और विपत्तियों को जान लिया? क्या कस्तूरी ने आज भिंसारे जिस बच्चे को जन्म दिया है, वह सचमुच कोई देवदूत है जो अपने जन्म के साथ ही अपने पूरे परिवार के लिए एक नये जीवन का किवाड़ खोल रहा है।

ओरियंटल कोल माइंस द्वारा भेजे गये और रोज़गार कार्यालय के मारफ़त उस तक पहुँचे उस इंटरव्यू कार्ड में मोहन दास को एक नये भविष्य का सवेरा झिलमिलाता दिखायी दे रहा था। बहुत समय के बाद उसके हृदय में फिर से आशा की एक हरी कोमल दूब उगने लगी। उस रात मोहन दास ठीक से सो नहीं सका। अपने जीवन के जिस पेड़ को वह अब तक एक ठूंठ समझ बैठा था, उसमें कहीं से फिर कोंपलें फूट रहीं थीं।

ओरियंटल कोल माइंस में उस दिन वह साक्षात्कार के समय से एक घण्टा पहले ही पहुँच गया था। अपनी कुलदेवी मलइहा माई और सतगुरु कबीर दास जी का नाम जाप करते हुए उसके भीतर इस बार एक अपूर्व आत्मविश्वास था। हर हाल में नौकरी पा लेने का जोश। एक घण्टे की लिखित परीक्षा थी फिर एक घण्टे के अन्तराल के बाद शारीरिक परीक्षा। मोहन दास पूरे मनोयोग और प्रणापन के साथ जुट गया। एक घण्टे वाली लिखित परीक्षा उसने आधे घण्टे से भी कम समय में निपटायी। प्रश्न बड़े आसान थे और उनके उत्तर तो वहीं नीचे लिखे हुए थे। बस सही उत्तर पर 'सही (√)' का निशान लगाना था। इसके बाद

1500 मीटर की दौड़, तेज़ चाल, भार उठाना, कुहनी और घुटनों के बल सख़्त ज़मीन पर रेंगना, मैदान के पाँच चक्कर लगाना, आयी साइट टेस्ट, रंगों की पहचान आदि की शारीरिक परीक्षा में दो घण्टे लगे। मोहन दास यहाँ भी किसी से उन्नीस नहीं था।

शाम चार बजे कोलियरी के भर्ती दफ़्तर के दरवाज़े से, डेढ़ सौ प्रतियोगियों में से चुने गये जो पाँच नाम पुकारे गये, उनमें पहला नाम मोहन दास का ही था।

मोहन दास का दिल धड़क रहा था। एक अनहोनी होने जा रही थी। अब बहुत ज़ल्द उसके जीवन की अब तक की अनिश्चितताओं का अन्त होने जा रहा था। हर महीने उसे तनख्वाह मिला करेगी। घर में हर रोज़ चूल्हा जलेगा और तरकारी बनेगी। बाप और माँ का इलाज चलेगा। देव दास की परवरिश और पढ़ाई ठीक होगी। कस्तूरी को मजूरी में दूसरों के यहाँ नहीं खटना पड़ेगा...।

कोलियरी के बाबू ने मोहन दास से उसके सारे सर्टिफ़िकेट और मार्कशीट जमा करवाये बल्कि बी.ए. की मार्कशीट देखते हुए उसने कहा भी–'अरे तुम अब तक नौकरी कैसे नहीं जुगाड़ पाये? इसमें तो तुम्हें बस थोड़ी–बहुत लमरा पहुँची से ही कोई अच्छी ख़ासी नौकरी मिल सकती थी।'

'ज्वाइनिंग कब तक हो जायेगी?' जब मोहन दास ने पूछा तो जवाब में बाबू ने कहा–'ज्वाइनिंग ही समझो। इसी हफ़्ते के भीतर–भीतर काग़ज़ी कार्रवाई पूरी हो जायेगी और अगले हफ़्ते तक नियुक्ति–पत्र तुम्हारे पते पर भेज दिया जायेगा।...ज़्यादा से ज़्यादा पन्द्रह दिन लगाकर चलो।'

मोहन दास के घर में एक नया युग अवतरित हुआ। पोस्ट ऑफ़िस के खाते में दो हज़ार पड़े थे, मोहन दास ने नयी मच्छरदानी, एक किलो देशी घी, गुड़, सोंठ, कुछ नये बरतन और कस्तूरी तथा देव दास के लिए कुछ कपड़े ख़रीदे। अपने लिए भी उसने नीले रंग की जींस की पैंट, टेरिकॉट का चौख़ानेदार

बुश्शर्ट, तीस रुपये का एक पर्स और पाँच–पाँच रुपये के दो रूमाल ख़रीदे। परसू को कहकर उसने रोज़ सबेरे आधा किलो दूध की नियमित व्यवस्था कर दी। गाँव में बात फैल गयी थी कि मोहन दास को आख़िरकार ओरियंटल कोल माइंस में अच्छी पक्की नौकरी मिल गयी है। गाँव के जो लोग उससे पूरी तरह मुँह फेर चुके थे, उन्होंने भी उससे मेलजोल बढ़ाना शुरू कर दिया। जो लोग उसकी मेहनत और पढ़ाई का मज़ाक़ बनाने लगे थे, उन्होंने बदले हुए स्वर में कहना शुरू किया–'यह तो होना ही था। ऐसी डिग्री और पढ़ाई के बाद मोहन दास कब तक ख़ाली बैठता।' कुछ लोगों ने यह टिप्पणी भी की–'असल में मोहन दास जिस बंसहर–पलिहा जात का है, उसको अब रिज़र्वेशन में डाल दिया गया है। नौकरी उसको कोटे में मिली है क्योंकि इस जात का कोई दूसरा लड़का बी.ए. था ही नहीं।'

उस हफ़्ते मोहन दास के घर में एक बार खीर भी बनी और एक बार आलू–मटर का कसलहा। माँ पुतलीबाई अपनी आँख के अन्धेपन को भूल गयी और उँगली से छू–टटोलकर सूपे में फैलाकर दाल और चावल से कंकड़ बीनने लगी। उसने राई के तेल और नोन–अमचूर से लाल मिर्च की चिखनी भी तैयार की। बाप काबा दास ने गणेश छाप मंगलूरी बीड़ी का पूरा कट्टा और नयी जहाज़ छाप माचिस की डिबियाँ ख़रीदी, जिसकी तीली को रगड़पट्टी में बस हल्का–सा घिसते ही फर्र से आग जल जाती थी। घर के बाहर ओसारे में बैठकर, सुट्टा मारते हुए काबा ने कई रात ऊँची आवाज़ में कबीर दास के भजन गाये और न उसे एक बार भी खाँसी आयी और न ख़ून के थक्के कफ़ के साथ बाहर निकले।

एक दिन सुबह–सुबह अन्धी पुतलीबाई आँगन में ख़ुशी के मारे लगभग चकरघिन्नी मारते हुए ज़ोर–ज़ोर से गाने जैसा लगी–

'टोरबा–पुतऊ की कोठरिया माझे अलोपी मइना खोंथा डारिस हबै। भाग आइस, कलेस गइस...!! क़िसमत जागिस...

दलिद्दर भागिस...!...जै हो मलइहा माई...! तो ल गोड़ लागों सतगुरु महराज...!! जै हो...जै हो...!'

सबने देखा, मोहन दास की अन्धी माँ की आँखों ने अलोपी मैना का जो घोंराला कस्तूरी–देव दास की कोठरी में देखा था, वह बिल्कुल सच था।

मोहन दास ने दूसरे हफ़्ते कोलियरी की चिट्ठी का हर रोज़ इन्तज़ार किया, लेकिन उस हफ़्ते डाकिया ही नहीं आया। इसके बाद का हफ़्ता भी ऐसे ही गुज़र गया। बीस–बाइस दिन हो रहे थे। पता चला कि कांसाकोड़ा के कंचन मल शर्मा के लड़के सन्तोष कुमार शर्मा को चिट्ठी पहले ही मिल गयी है और उसने नौकरी भी ज्वाइन कर ली। मोहन दास बेचैन हो गया। उसने राज्यपरिवहन की बस पकड़ी और कोलियरी पहुँचा। भर्ती दफ़्तर के उसी बाबू ने उस बताया कि अभी लेटर भेजे जा रहे हैं। पोस्ट तीन ही थी, चुने गये हैं पाँच लोग। अगर जगह नहीं बढ़ाई गयी तो दो कैंडिडेट कटेंगे। मोहन दास डर गया। उसके उदास चेहरे को देखकर बाबू ने दिलासा दिया कि उम्मीद है दो पोस्ट और बढ़ जायेगी और अगर नहीं भी बढ़ीं तो भी मोहन दास का नाम नहीं कटेगा क्योंकि लिस्ट में उसका नाम पहला है।

मोहन दास लौट आया। बाबू ने उसे एकाध महीना इन्तज़ार करने को कहा था और पूरा भरोसा दिया था, लेकिन मोहन दास के भीतर कुछ बुझ–सा गया था। उसे चिन्ता हो रही थी कि परसू महीना बीतते ही हर रोज़ के आधा किलो दूध का पूरा हिसाब माँगेगा। जोश में यहाँ वहाँ कुछ उधारी और भी हो गयी थी। अब सब कैसे पटेगा? कस्तूरी ने उसे ढाढस रखने को कहा। माँ पुतलीबाई ने मलइहा माई से मनौती मानी। हाँ, काबा दास कुछ चुप–सा रहने लगा। रात में उसने भजन गाना छोड़ दिया और उसे खाँसी फिर आने लगी।

डेढ़ महीने बाद मोहन दास फिर ओरियंटल कोल माइंस गया। बहुत इन्तज़ार करने के बाद बाबू ने उसे भर्ती दफ़्तर के

अन्दर आने दिया। उसने उससे और इन्तज़ार करने को कहा। लेकिन इस बार उसने इन्तज़ार की कोई आख़िरी सीमा नहीं बतायी। इस बार उसकी आवाज़ में पहले जैसा अपनापा भी नहीं था। मोहन दास ने चलने के पहले जब ज़ोर देकर पूछा कि क्या वह अगले महीने के बाद एक बार फिर आकर पता कर ले तो अनमने स्वर में उसने कहा–'वैसे पता करने की ज़रूरत ही क्या है। चिट्ठी मिलेगी तो अपने आप पता चल जायेगा।' फिर उसने कहा–'असल में उस रोज़ कैंडिडेट को सलेक्ट करने बिहार से कोल इंडिया का जो अफ़सर आया था, उसने एक पोस्ट पर अपने दामाद को फिट कर दिया है। सब ऊपर वालों का खेल है।' मोहन दास की आँखों के सामने अन्धकार गहरा होने लगा।

अगले महीने मोहन दास फिर पता लगाने गया। शायद कुछ हो जाये। सुबह दस बजे से लेकर दोपहर साढ़े तीन बजे तक उसे दफ़्तर के बाहर बैठे रहना पड़ा। चपरासी की चिरौरी–बिनती के बाद जब उसे अन्दर आने दिया गया तो वहाँ पता चला कि पहले वाला बाबू छुट्टी पर गया है और उसकी जगह जो दूसरा मोटा–सा बाबू उसका काम देख रहा था, उसे उस फ़ाइल के बारे में कोई जानकारी नहीं है। मोहन दास को अपने मार्कशीट्स और सारे ओरिजिनल प्रमाण–पत्रों की फ़िक्र सताने लगी। जब उसने इसके बारे में पूछा तो नये बाबू ने जवाब दिया कि तुम्हारे सर्टिफ़िकेट का हम क्या करेंगे? अगर नौकरी नहीं दी गयी तो रजिस्टर्ड डाक से वापस भेज देंगे, नहीं तो अगली बार आकर खुद ले जाना।

मोहन दास फिर लौट आया। उसके मन के सबसे भीतरी कोने ने अच्छी तरह से जान लिया था कि उसके जीवन के ठूंठ की किसी गाँठ से जो नये कोंपल के कल्ले आश्चर्य की तरह फूटने वाले थे, आकाश के देवताओं ने उसकी विपदा जानकर, उसके लिए दया की जो बूँदें टपकाई थीं, उन्हें दुर्भाग्य और भ्रष्टाचार की लू ने झुलसा डाला है। अब कोई उम्मीद कहीं से नहीं बची है। अगर उसके पास कुछ नकदी जमा पूँजी होती तो

किसी दलाल से मिलकर रुपये ऊपर तक पहुँचा कर वह यह नौकरी पा सकता था। मोहन दास की हालत को गाँव के अमीर लोगों ने सबसे पहले जान लिया और पहले की तरह वे फिर उसकी शिक्षा और क़ाबिलियत का मज़ाक़ बनाने लगे। उस दिन मोहन दास अपमान का कड़वा घूँट पीकर रह गया, जिस दिन पण्डित छत्रधारी तिवारी के बेटे विजय तिवारी ने, जो उसी के साथ कॉलेज में पढ़ता था और थर्ड डिवीज़न में बहुत मुश्किल से बी.ए. पास हो पाया था, लेकिन अपने ससुर की तिकड़म और सिफ़ारिश पर पुलिस में सब इंस्पेक्टर हो गया था, उसको आवाज़ देकर बुलाया और कहा–'मोहना, परसों ही हमने सरकारी योजना में दस भैंसें ख़रीदी हैं। डेयरी खोल रहे हैं। अगर ठीक समझो तो भैंसों के सानी–भूसा, रख–रखाव का काम कस्तूरी भउजी के साथ मिलकर सँभाल लो। हर महीने की पहली तारीख़ की तनख़्वाह तो मिलेगी ही, इन्दिरा आवास योजना में हम तुम्हारा मकान पक्का करवा देंगे। भउजी का मन भी लग जायेगा हमारे गोसारे में!'

'सोचकर बताता हूँ!' मोहन दास ने कहा था और अपने भीतर उठते अपमान की लपट को मुँह फेरकर उसने छुपा लिया था। विजय तिवारी के मुँह से कस्तूरी क़ा नाम सुनकर उसके भीतर कहीं अपनी असहायता और निर्बलता का अहसास गहराता गया और एक अज्ञात भय ने भी दिमाग़ के किसी कोने में जन्म लिया। जल्द कुछ करना होगा नहीं तो उसका परिवार टूटकर बिखर जायेगा। कुछ ऐसा काम, जो उसके वश में है। जिसके लिए किसी और की मदद और तिकड़म की ज़रूरत नहीं है। कस्तूरी का सुन्दर चेहरा और विजय तिवारी की शातिर आँखें बार–बार उसके सामने कौंध जातीं।

उसी पल उसने तय कर लिया था कि अब वह अपने प्रमाणपत्र, अंकसूची और दूसरे काग़ज़ात का पता करने ओरियंटल कोल माइंस नहीं जायेगा, क्योंकि उन काग़ज़ के टुकड़ों की

क़ीमत कहीं कुछ रह नहीं गयी थी। जिस आधार पर नौकरियाँ मिलती थीं और सरकारी योजनाओं का लाभ उठाया जाता था, वे आधार उसके जैसे लोगों के पास थे ही नहीं।

मोहन दास उस रात खाना खाने के बाद घर में नहीं सोया। कस्तूरी से सुबह लौटने का कहकर, कन्धे पर कुदाल और रोपा टाँगकर वह कठिना नदी के तट पर चला आया और सारी रात किसी पागल प्रेत की तरह मतीरा, खरबूज, लौकी, तरबूज, टमाटर, भाँटा, ककड़ी लगाने के लिए पलिया बनाने में लगा रहा। सुबह साढ़े चार बजे के आस–पास, जब उत्तर में ध्रुव तारा अपनी पूरी आभा में, दूसरे तारों के एक–एक कर निष्प्रभ होकर बुझ जाने के बावजूद, चमक रहा था, मोहन दास ने अपने ललाट और छाती के पसीने को पोंछा और धीरे–धीरे रेंगता हुआ कठिना की धार में खड़ा हो गया। अंजुली में पानी भरकर उसने अपने सिर पर छींटा मारा और दोनों हाथ जोड़कर भरे गले से कहा–'बस तुम भर आँखी मत काढ़ना कठिना माई। तुम्हें मलइहा माई की किरिया। मेरे बेटे देव दास की किरिया।...मेरे पसीने की उपज से अपने पेट की जठर आगी मत बुझाना कठिना माई...! नहीं तो...दयऊ क़सम, बीच अषाढ़ तुम्हारी धार में बाल–बच्चा समेत कूदकर तुम्हारा पेट मैं भरूँगा...।'

मोहन दास जब सतगुरु कबीर का नाम जपता हुआ कठिना नदी की धार में से बाहर आ रहा था, तब उसकी आँख से उमड़ते आँसू कठिना नदी के जल में टपककर बह रहे थे, जहाँ नन्हीं–नन्हीं कोतरी मछलियाँ उनके नमक को चखने के लिए एक–दूसरे से होड़ लगा रही थीं।

जब मोहन दास घर पहुँचा तो उसने देखा कि कस्तूरी ने पूरा आँगन गोबर से लीप रखा है, माँ पुतलीबाई सूपे पर मतीरा, लौकी, खरबूजे के बीज फैलाकर अपनी उँगलियों से टटोल कर उन्हें बीनने में लगी हुई है, बाप काबा दास परछी के कोने में बाँस की कमटियाँ निकालने में व्यस्त है और बीच आँगन में

उसका डेढ़ साल का बेटा देव दास खुरपी से घास को छीलने का मासूम खेल खेलने में मगन है।

उसके क़दमों की आहट सुनते ही पुतलीबाई ने अपना सिर ऊपर उठाया और दृष्टिहीन हो चुकी आँखों को अपने बेटे की आँखों से मिलाकर मुस्कुराते हुए कहा–'जनते हस मोहना, आज अलोपी मइना के खोंथा माझी दाई मइना दुइ ठे छउना डारिस हबै।' (जानते हो मोहना, आज अलोपी मैना के घोंसले में मादा मैना ने दो बच्चों को जन्म दिया है।)

पुतलीबाई बहुत ख़ुश होती अगर देख पाती कि उसकी बात सुनकर उसके बेटे मोहन दास के चेहरे पर ख़ुशी किस तरह दिपदिपा रही है।

उस रोज़, रात में बियारी के बाद, मोहन दास कस्तूरी और देव दास को भी अपने साथ कठिना नदी ले गया। कस्तूरी ने अपनी कमर की ओंटनी में ढेर सारे बीज बाँध रखे थे और कन्धे पर देव दास को बिठा रखा था। मोहन दास के कन्धे पर रांपी, फावड़ा और बगयी की रस्सी थी।

देव दास कुछ ही देर में नदी किनारे की ठण्डी हवा के झोंके से मिलने वाले सुख में डूबकर गहरी नींद सो गया था। कस्तूरी और मोहन दास बीज उगाने की पलिया में गोबर की खाद डाल कर अलग–अलग फलों–सब्जियों का पलहा बनाने में लगे रहे। दो घण्टे में काम निपट गया। कस्तूरी जब घड़े से कठिना से पानी लाकर बीजों की पलिया में छिड़काव कर रही थी तो आकाश में टिमटिमाते तारों के उजास में मोहन दास उसकी सुन्दरता को निहार रहा था। आकाश के नक्षत्रों से झरती सलेटी चांदी की मद्धिम आभा में कस्तूरी का साँवला शरीर मलइहा माई की मढ़िया के बाहर रखी उन पुरानी पत्थर की मूर्तियों जैसा दिख रहा था, जो बन्हेरू तालाब की खुदाई में निकली थीं और जिन्हें लाकर लोगों ने वहाँ रख दिया था। देह, कमर, बाँह, छाती, जाँघ का बिल्कुल वैसा ही कटाव और वैसी ही सुन्दरता, जैसे

किसी कारीगर ने छेनी–हथौड़ी लेकर, मन लगाकर, वर्षों में उन्हें धीरे–धीरे गढ़ा हो।

रात आधी से ज़्यादा बीत गयी थी। टिटहरी और पनकुकरी की आवाज़ कभी–कभी सुनाई दे जाती। कठिना नदी की नम हवा के भारीपन में कस्तूरी की देह से उठने वाली पसीने की गन्ध ने मोहन दास को चारों ओर से घेर लिया। इस स्त्री ने उससे विवाह करते हुए क्या सपना देखा था और उसे क्या मिला? सुबह से लेकर रात तक, हर रोज़, बिना नागा, हर सुख–दुख, हारी–बीमारी, भूख–प्यास में वह उसके संग खड़ी रही। मोहन दास के मन में कस्तूरी के लिए गहरी सहानुभूति और आत्मीयता पैदा हुई। वह उसे एकटक निहार रहा था। कस्तूरी ने मटका रेत पर टिकाया और खड़ी होकर अपना जूड़ा बाँधने लगी। मोहन दास उठकर उसके पास आया। कस्तूरी चुप थी।

'ए कस्तूरी, कबड्डी खेलिहे?' मोहन दास ने मुस्कुराते हुए कहा–'हू...तू...तू...तू...!'

उसने कस्तूरी की बाँह को पकड़ लिया था और उसकी बगलों और पेट में गुदगुदी मचाने लगा था। कस्तूरी उससे छूटने के लिए छटपटा रही थी–'अरे...अरे...! देव दास जाग जई...! का करते हस? छोड़,...मोर ल छोड़!...छोड़!' कस्तूरी ने देखा कि मोहन दास उसे छोड़ने वाला नहीं तो उसने उसे धक्का दिया और छूटते ही कठिना नदी की ओर भागी। वह किसी उल्लसित स्वतन्त्र हिरणी की तरह कुलांचे मारकर नक्षत्रों के धुन्धले सलेटी उजाले के नीचे दूर तक फैली नदी की रेत पर दौड़ रही थी।

'आ...आ...आ! मोर ल छू...त जानों...! आ...आ...!' उसकी आवाज़ हर पल दूर होती जा रही थी और वह हर पल छाया बनती हुई अन्धेरे में बिलाती जा रही थी।

'हू...तु...तू...तू...तू...तु...तू...तू...!' कहता हुआ मोहन दास पूरी तेज़ी से उसकी ओर दौड़ा।

कस्तूरी ने और दम लगाया। मोहन दास हर पल उसके

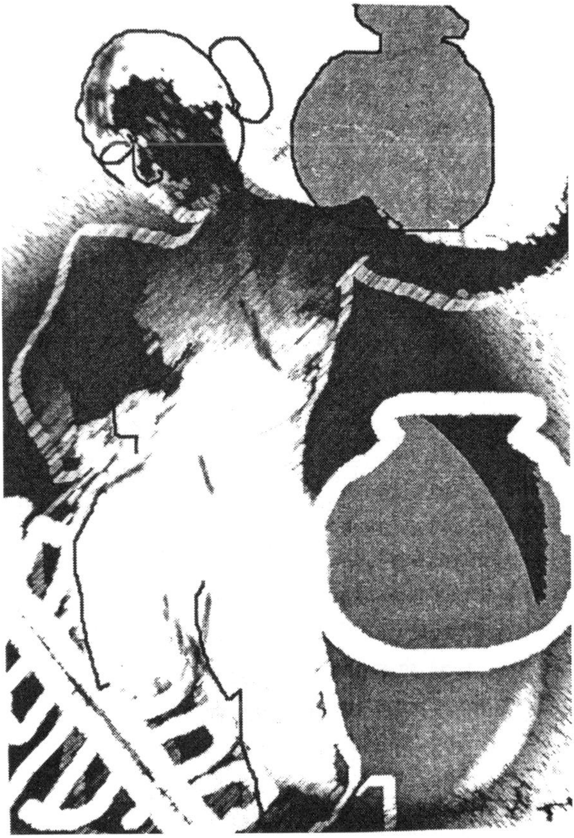

क़रीब आता जा रहा था। उसने अपनी रफ़्तार बढ़ाई और कठिना के किनारे–किनारे, पानी में छप–छप करती हुई पूरी जी जान से भागती चली गयी। 'आ...आ...! छू मोर ल...त जानों...!' उसका दम फूलने लगा था। वह हाँफने लगी थी। मोहन दास की 'हू...तु...तू ...तू...' हर पल उसके कान के क़रीब आती जा रही थी। कस्तूरी जानती थी कि अब वह मोहन दास को और छका नहीं पायेगी फिर भी उसने आख़िरी ज़ोर लगाया। लेकिन तब तक एक ही उछाल में मोहन दास ने उसे पकड़ लिया। दोनों कठिना के पानी में छपाक्

से गिर गये। 'छोड़...! ए...छोड़...!' वह झगड़ रही थी और मोहन दास के ऊपर पानी उलींच रही थी, लेकिन मोहन दास उसे छोड़ने के बजाय उससे और लिपटता जा रहा था। नदी की नम हवा में दोनों की साँसें एक–दूसरे में समा रही थीं। वह जिस तरह उसकी देह में अपनी उँगलियों से गुदगुदी मचा रहा था, उससे कस्तूरी के गले से निर्बन्ध किलकारी और हँसी फूट रही थी। उसका छद्म प्रतिरोध शिथिल पड़ता जा रहा था और वह स्वयं भी मोहन दास को दूर धकेलने के दिखावे के बीच उसकी देह से सटती जा रही थी। जैसे लोहे का कोई टुकड़ा किसी चुम्बक से सटता है।

मोहन दास ने कठिना के पानी में उसे गिरा लिया और ऊपर सरकते हुए कहा–'तैं बहुतै निकहा अऊ बहुतै सुन्दर हस कस्तूरी...! दे मोर करउंदा...! और उसे चूम लिया। वैशाख की उस गर्म रात में दूर आकाश में टिमटिमाते तारों की मद्धिम सलेटी रोशनी में, कठिना नदी के शीतल जल में दो जवान गोंछ या पाढ़िन मछलियों की तरह वे दोनों उद्दाम और निर्बन्ध छपाछप कर रहे थे। बीच–बीच में कस्तूरी के कण्ठ से उठती हँसी और किलकारी के साथ मोहन दास की भारी साँसों से निकलती 'हू...तु...तू...तू...' रात की निस्तब्धता को भेद जाती थी।

थकी हुई कस्तूरी नदी से लौट कर भीगी साड़ी में ही देव दास की बगल में सो गयी थी, लेकिन मोहन दास पता नहीं कितनी रात तक कठिना के तट की उथली धार में ही पड़ा हुआ, आकाश के देवताओं को निहारता हुआ गाता रहा–

'पंछी–परौना बोलत हबै गा,
कहाँ गये हे संगवारी, करउंदा फरत हबै रे...
करउंदा फरत हबै गा...
मोर बाली हे उमरिया करउंदा बताओं तोला का...'

उसके गले में आज एक ऐसा सुरीलापन उतर आया था कि दूर सुनाई देते पनकुकरी और टिटहरी के बोल उसके क़रीब आकर उसकी संगत करने लगे थे।

बाद में शारदा उसी रात की स्मृति बनी।

उस साल तो ककड़ी–तरबूज और सब्ज़ियों की फ़सल अच्छी हुई, लेकिन बाज़ार में भाव मन्दा हो जाने से कमाई कुछ ख़ास नहीं हो सकी। कस्तूरी पेट से थी फिर भी उसे दूसरों की मजूरी करनी पड़ती थी। मोहन दास भी जी–तोड़ मेहनत करता रहा। कठिना ने एक बार तो उसकी प्रार्थना सुन ली थी, लेकिन बाद में अक्सर उसका पानी उमड़ आता और मोहन दास की महीनों की मेहनत को उसकी धार निगल जाती। काबा दास की खाँसी बढ़ने लगी थी। हालाँकि छह किलोमीटर दूर के क़स्बे के सरकारी अस्पताल में एक बहुत अच्छा डॉक्टर आ गया था–डॉक्टर वाकणकर, और उसने मोहन दास को समझाया था कि टी.बी. के लिए अस्पताल में मुफ़्त दवा मिलती है उसके बाप को इसका पूरा कोर्स करना चाहिए। उन्होंने उसे एक पोलिथीन की थैली में दो महीने की ख़ुराक भरकर भी दे दी थी, लेकिन काबा दास ख़ुद ही न समय पर ख़ुराक ले पाता था, न पूरा परहेज़ रख पाता था। खाने–पीने का कोई ठिकाना भी नहीं था। माँ पुतलीबाई की आँख के बारे में भी डॉक्टर वाकणकर ने बताया था कि ऑपरेशन से चालीस पैसा रोशनी लौट आयेगी, लेकिन इससे आठ–दस हज़ार कम–से–कम ख़र्च होंगे। उन्होंने मोहन दास को भरोसा दिया था कि अगर ज़िले में कोई अच्छा और ईमानदार कलेक्टर आया तो वे उसका यह काम करवा देंगे, लेकिन साल पर साल गुज़रते रहे, ऐसा कलेक्टर नहीं आया। बीच में एक बार एक स्वयंसेवी संस्था की तरफ़ से एक लड़का और एक लड़की बंसहरों–कबीरपन्थियों की बस्ती में आने लगे थे। उन्होंने कस्तूरी और मोहना को बहुत आश्वासन दिया था कि जल्दी ही वे कोई ऐसी व्यवस्था कर देंगे कि उसका परिवार अपनी गुज़र–बसर आराम से करने लगेगा। उन्होंने कई अर्जियाँ भी लिखीं और मोहन दास से उस पर दस्तख़त करवाये। लेकिन फिर उनका आना बन्द हो गया। पता चला लड़का–लड़की ने शादी कर ली है और वे दिल्ली चले गये

हैं। वह लड़की अब किसी टी.वी. चैनल में काम करने लगी थी और लड़के ने दिल्ली में ही अपने आई.ए.एस. फूफा की सहायता से झुग्गी निवासियों के लिए काम करने वाली कोई संस्था खोल ली थी और देश–विदेश की यात्राओं पर रहता था।

समय बीतता रहा। मोहन दास और कस्तूरी अपनी मेहनत–मजूरी और मलइहा माई की कृपा से किसी तरह दिन गुज़ार रहे थे। शारदा दो साल की हो चुकी थी और देव दास चार का। काबा अब ज़्यादातर खाट पर ही पड़ा रहता था। बगयी की रस्सी कभी–कभार बड़ देता या बाँस की कमटियाँ निकाल देता, लेकिन उसकी खाँसी बढ़ती जा रही थी। उसकी छाती की एक–एक पसलियाँ गिनी जा सकतीं थीं। कई बार वह खाँसता तो कफ़ के साथ ख़ून ही नहीं, लगता जैसे माँस के थक्के बाहर निकल रहे हैं। उधर डॉक्टर वाकणकर का तबादला नेता–अफ़सरों ने किसी दूसरे ज़िले में करा दिया था। अब मोहन दास को अस्पताल से टी.बी. की मुफ़्त गोलियाँ देने वाला भी कोई नहीं था। जब भी वह जाता, उसे अगले हफ़्ते आने के लिए कह दिया जाता। उसका बाप काबा इतना कमज़ोर हो चुका था, कि खाँसकर थूकने के बाद, खाट पर लेटा–लेटा चुपचाप धरती को देखता रहता। चींटियाँ और मक्खियाँ तक उसकी खांसी की आवाज़ को पहचानने लगी थीं। जैसे ही वह नीचे, खाट के बगल में खाँसकर थूकता, पता नहीं कहाँ से मटा और चींटे उसके कफ़ की ओर झुण्ड बनाकर चल पड़ते। एक दिन तो काबा दहल गया, जब उसने देखा कि उसके खाँसते ही गिद्धा माछी भनभनाती हुई उसके चारों ओर मँडराने लगी। काबा को अपना अन्त क़रीब आता दिख रहा था। उसने पुतलीबाई को आवाज़ देनी चाही, लेकिन उसकी आवाज़ निकलती, इसके पहले ही खाँसी के तेज़ दौरे ने उसके गले को फिर से अपनी गिरफ़्त में ले लिया और आख़िर में वहाँ से अंजुली भर ख़ून और माँस के थक्के बाहर गिरे। मोहन दास और कस्तूरी कठिना की पलिया

सँभालने जा चुके थे, घर में सिर्फ़ अन्धी पुतलीबाई थी। वह दौड़ती हुई, गिरती–पड़ती आयी और अपने पति काबा को छू–छू कर रोने लगी। पिछले साल भर से उसके घुटनों को गतिया ने जकड़ लिया था। काबा निढाल था। कुछ देर के बाद उसकी साँसें थिरायीं और उसने पुतलीबाई को डाँटते हुए कहा–'रोउते काहे ल हस अन्धरी? मोर ल अबे मरै क नहीं हबैं। देव दास ल काज अऊ सारदा ल गउना कर के मरिहों। झै रो...!' (अरी ओ अन्धी, क्यों रो रही है? मुझे अभी मरना नहीं है। मैं देव दास का विवाह और शारदा का गौना कराने के बाद मरूँगा। मत रो!)

काबा ने अपनी पत्नी के सिर पर हाथ फिराया और बोला–'ला बाँस अऊ टंगिया लमर दे। कमटी बनाओं।' (ला मुझे बाँस और कुल्हाड़ी थमा दे। मैं बाँस की कमटियाँ छील देता हूँ।)

(यहीं ठहरिये एक मिनट। आपको लग रहा होगा मैं हिन्दी के कथा सम्राट् मुंशी प्रेमचन्द की सवा–सौवीं जयन्ती के अवसर पर समकालीन कहानी के बहाने आपको कोई सवा सौ साल पुराना क़िस्सा सुना रहा हूँ। लेकिन सच तो यह है कि ऐसी पुरानी और पिछड़ी हुई शैली, शिल्प और भाषा में जो ब्यौरा आपके सामने प्रस्तुत है, वह उसी समय का है जब 9–11 सितम्बर हो चुका है और न्यूयार्क की दो गगनचुम्बी व्यापारिक इमारतों के गिरने की प्रतिक्रिया में एशिया के दो सार्वभौमिक, सम्प्रभुता–सम्पन्न राष्ट्रों को धूल और मलबे में बदला जा चुका है। जब अमेरिका और यूरोप के ईश्वर के अलावा बाक़ी सारे ईश्वरों के सामने प्रार्थना में झुके हुए लोग फासिस्ट, आतंकवादी और साम्प्रदायिक मान लिए गये हैं तेल, गैस, पानी, बाज़ार, मुनाफे और लूट के लिए हर रोज़ कंपनियाँ, सरकारें और फ़ौजें समूची पृथ्वी में दिन–रात निर्दोषों की हत्याएँ कर रही हैं।

ऐसा समय, जिसमें अगर ग़ौर से देखें तो जो भी सत्ता में है, उसमें से हर कोई एक–दूसरे का क्लोन है। हर कोई एक जैसी ब्रांड का उपभोक्ता है। वह एक जैसी चीज़ें पी रहा है, एक जैसी चीज़ें खा रहा है। एक जैसी कंपनियों की कारों में घूम रहा है। हर किसी के एकाउंट एक जैसे बैंकों में हैं। सभी की जेबों में एक जैसे एटीएम या क्रेडिट कार्ड और हाथों में एक जैसे मोबाइल हैं। एक जैसी ब्रांड की शराब के नशे में अख़बारों के पेज एक से लेकर पेज थ्री तक या टीवी के एक से लेकर सत्तर चैनल तक वे एक जैसे धुत्त, बेशर्म और नंगे हैं। ग़ौर से देखिए उनकी त्वचा का रंग और उनकी भाषा एक है।)

मोहन दास की नीली जींस की पैंट और चौख़ानेदार, बुश्शर्ट के रंग उड़ चुके थे और जगह–जगह कस्तूरी द्वारा लगाये गये पैबन्द से भर गये थे। काबा दास सिर्फ़ दिशा–मैदान करने के लिए खाट से उठता, वरना दिन–रात वही सोया हुआ खाँसता–थूकता रहता। पुतलीबाई गठिया के दर्द से कराहती रहती। लेकिन तब भी, जब उनके पोता–पोती, देव दास और शारदा, उन दोनों के साथ होते, लगता अभी उनकी देह के पिंजर में सिर्फ़ प्राण ही नहीं बल्कि ममता और वत्सलता का रस भी लबालब भरा हुआ है। देव दास अपने बब्बा काबा की खाट पर उछल–कूद मचाता और शारदा अपनी आजी पुतली की गोद में मचलती खेलती रहती।

उस रोज़ आँगन में मोहन दास और कस्तूरी बाँस और छींदी की चटाई, खोंभरी और पकउथी बुनने में लगे थे। बाज़ार के मोहनलाल मारवाड़ी की दुकान 'विन्ध्याचल हैंडीक्राफ़्ट्स' से इतना बड़ा ऑर्डर मिला था कि दो–तीन महीनों तक मोहन दास और कस्तूरी को दम मारने की फ़ुरसत नहीं थी। काबा और पुतली बच्चों को सँभालते रहते। पचास चटाई, पचास खोंभरी और तीस पकउथी बनाने थे। काबा बीच–बीच में अपनी खाट से

उतर आता और जब तक खाँसी उसे निढाल न कर देती, बाँस की पक्सियाँ छीलने में लगा रहता। पुराना हुनर और तजुर्बा था। कस्तूरी चटाई इस तरह बुन रही थी, जैसे उसकी उँगलियों को कोई मशीन चला रही हो। साढ़े चार साल का देव दास खोंभरी को सिर में लगाकर, हाथ में बाँस की लाठी लेकर ढाई साल की शारदा को बकरी की तरह 'हुर्र...हुर्र...' करता हुआ हाँक रहा था और नन्ही–सी शारदा पंजों और घुटनों के बल रेंगती हुई, बकरी बनी हुई, आँगन के एक कोने से दूसरे कोने तक, गिरती–पड़ती रेंग रही थी। तभी दरवाज़े पर आहट हुई। मोहन दास का साढ़ू गोपाल दास अपनी साइकिल दीवार से टिका कर अन्दर आया। वह बाज़ार के 'नर्मदा टिंबर एंड फर्नीचर' में आरा मशीन चलाता था और मालिक के कहने पर उगाही–वसूली के लिए साइकिल पर यहाँ–वहाँ जाता रहता था।

गोपाल के आने पर कस्तूरी बहुत ख़ुश हुई। बहुत दिनों बाद उसके माइके के पास के गाँव से कोई पहुना उसकी ससुराल आया था। पानी–तमाखू के बाद गोपाल ने मोहन दास को बताया कि अभी तीन रोज़ पहले वह ओरियंटल कोल माइंस किसी काम से गया था। वहाँ जाकर उसे पता चला कि बिछिया टोला का बिसनाथ वहाँ मोहन दास के नाम से पिछले चार साल से डिपो सुपरवाइज़र की नौकरी कर रहा है और दस हज़ार से ऊपर हर महीने पगार ले रहा है। गोपाल दास ने कहा कि उसे पता चला है कि बिसनाथ के बाप नागेन्द्र नाथ ने भर्ती दफ़्तर के बाबू को पटाकर मोहन दास वाली नौकरी का लेटर अपने आवारा बेटे बिसनाथ को दे दिया। मोहन दास द्वारा साक्षात्कार के दिन जमा किये गये प्रमाणपत्रों और अंकसूचियों में मोहन दास के फ़ोटो तो थे नहीं, इसका फ़ायदा उठाकर बिसनाथ ने ख़ुद को मोहन दास के रूप में प्रस्तुत कर दिया और हर जगह मोहन दास की जगह अपना फ़ोटो लगा कर अदालती हलफ़नामे से लेकर गजेटेड अफ़सर तक से उसे प्रमाणित करा लिया। इस तरह बिसनाथ

ओरियंटल कोल माइंस में मोहन दास बल्द काबा दास, जात कबीरपन्थी विश्वकर्मा बनकर इत्मीनान से डिपो सुपरवाइज़र की नौकरी करने लगा और दस हज़ार कर माहवारी पगार लेने लगा।

गोपाल दास ने बताया कि उसने बिसनाथ को कालरी के पास के एक होटल में चाय पीते देखा था। उसके गले में जो प्लास्टिक का आई कार्ड टँगा था, उसमें नाम तो मोहन दास लिखा हुआ था, लेकिन फ़ोटो बिसनाथ का था। इतना ही नहीं उसके साथ उस समय जितने भी लोग थे, वे सब उसे 'मोहन दास' ही कह रहे थे।

वहाँ यह भी पता चला कि बिसनाथ ने अपने गाँव बिछिया टोला में रहना चार साल से छोड़ दिया है और अब ओरियंटल कोल माइंस की वर्कर्स कॉलोनी 'लेनिन नगर' में बाल–बच्चों समेत रहने लगा है, जहाँ उसकी पत्नी ब्याज पर रुपया उठाने का धन्धा करती है और चिट फंड चलाती है। मज़े की बात यह है कि लेनिन नगर में रहने वाले सभी लोग बिसनाथ को 'मोहन दास' और उसकी पत्नी अमिता को 'कस्तूरी मैडम' के नाम से ही जानते हैं। बिसनाथ मोहन दास की तरह बी.ए. तो है नहीं, दसवीं फेल है इसलिए कालरी में काम करने की बजाय अफ़सरों की चापलूसी, कोयले की तस्करी और यूनियनबाज़ी में लगा रहता है।

अपने साढ़ू गोपाल दास की बात सुनकर मोहन दास का माथा घूम गया। ऐसा कैसे हो सकता है? कोई भी आदमी आख़िर कोई दूसरा आदमी कैसे बन सकता है? वह भी दिनदहाड़े, खुलेआम, इस तरह? एकाध दिन के लिए नहीं, पूरे चार साल से? लेकिन मोहन दास ने अपनी ग़रीबी और लाचारी में जिस तरह के दिन देखे थे और अपने बाप काबा से उसने उसकी ज़िन्दगी के जो पुराने क़िस्से सुने थे, उससे उसे लगने लगा कि अफ़सर–हाकिम, अमीर–उमरा और पार्टी वाले लोग इतने ताक़तवर होते हैं कि वे कुछ भी कर सकते हैं। वे कुकूर को बैल, सुअर को शेर, खाई को पहाड़, चोर को साहु–किसी को भी कुछ बना सकते हैं।

मोहन दास को अपनी साँसें रुकती हुई–सी लगीं। हे सतगुरु, कैसा समय है, क्या चार सालों में यहाँ एक भी आदमी ऐसा नहीं हुआ, जो कह सके कि ओरियंटल कोल माइंस में जो आदमी मोहन दास के नाम से हर महीने दस हज़ार की पगार ले रहा है, वह मोहन दास नहीं, बिसनाथ है, जिसके बाप का नाम काबा नहीं, नगेन्द्रनाथ है, जिसकी पत्नी का नाम कस्तूरीबाई नहीं अमिता भारद्वाज है और जिसकी माँ पुतलीबाई नहीं, रेनुका देवी

है?...जो पुरबनरा गाँव का नहीं, बिछिया टोला का निवासी है? जो बी.ए. पास नहीं, दसवीं फेल है...?

उस रोज़ चटाई बुनते–बुनते मोहन दास बार–बार रुक जाता था। उसकी आँखें कहीं खो जाती थीं और वह कुछ सोचते–सोचते गुम्म हो जाता था। बाँस की कमटियाँ बनाते–बनाते उसके हाथ बहक जाते थे। एक बार तो हंसिया उसके अँगूठे को काटते–काटते बची। कस्तूरी सब देख रही थी और अपने पति के भीतर चल रहे उथल–पुथल और बेचैनी को अच्छी तरह समझ रही थी। उसने मोहन दास के हाथ से हंसिया ले लिया और कहा–'आज त घाम कुछ जादै चांड़ हबै।...ज तैं हाथ–मुँह धो के थोरी ल सूत ले!' (आज धूप कुछ ज़्यादा ही तेज़ है। जाओ, तुम हाथ–मुँह धोकर थोड़ी देर सो लो।)

अगली सुबह सात बजे की बस पकड़कर मोहन दास ओरियंटल कोल माइंस के लिए रवाना हो गया। रातभर उसे ठीक से नींद नहीं आयी थी। ठीक साढ़े दस बजे वह कोलियरी पहुँच गया।

समस्या यह थी कि वह यहाँ किससे बात करे? किसी को तो वह जानता नहीं था। ऊपर से उसका हुलिया ऐसा था कि किसी को भी यह मानने में दिक़्क़त होती कि असली मोहन दास वही है, जो एम.ए. कॉलेज से बी.ए. फर्स्ट डिवीज़न है और आज से कुछ साल पहले जिसके फ़ोटो अख़बारों में छपे थे। समस्या यह भी थी कि उसके पास वे अख़बार भी नहीं बचे थे, जिनमें छपे अपने फ़ोटो दिखाकर वह बता सकता कि, 'देखो मैं ही हूँ–मोहन दास, वल्द काबा दास, साकिन पुरबनरा, ज़िला अनूपपुर, मध्य प्रदेश, जिसने एम.जी. शासकीय डिग्री कॉलेज से, बी.ए. की परीक्षा में, बस कुछ ही साल पहले, फर्स्ट डिवीज़न के साथ मेरिट में दूसरा स्थान हासिल किया था। चेहरे का मिलान करके देख लो। मैं ही हूँ असली मोहन दास।'

बड़ी मुश्किल से मोहन दास को फाटक के अन्दर जाने

दिया गया। उसकी नीली पैंट घुटनों के पास से फट चुकी थी। पीछे भी घिसकर वह तार–तार थी, लेकिन कस्तूरी ने उन जगहों पर मेल खाते रंग के पैबन्द टाँक दिये थे, जो या तो उसकी पुरानी ब्लाउज में से निकाले गये थे, या पुरानी चादरों में से। धूप, ताप, ठण्ड, कड़ी मेहनत और इतने दिनों के भूख–प्यास ने मोहन दास के चेहरे और त्वचा का रंग स्याह–ताँबई कर डाला था। दुखों और विपत्तियों ने उसके चेहरे पर इतनी लकीरें खींच दी थीं, कि लगता ही नहीं था कि उसकी उम्र अभी चालीस के पेटे तक भी नहीं पहुँची है। जितनी बार अपने अभावों के बोझ से वह कराहता या अपमान की आग में चुपचाप झुलसता, उसकी भवों और हाथ–छाती के रोयें सफ़ेद होते जाते। तीस–पैंतीस की उम्र में वह पचास–पचपन का दिखता था।

मोहन दास उसी दफ़्तर के सामने खड़ा था, जहाँ चार साल पहले वह अपने सारे सार्टिफ़िकेट और काग़ज़ात जमा कर गया था और जहाँ काम करने वाले बाबू ने उसे दिलासा दिया था कि तुम्हारा नाम तो कभी कट ही नहीं सकता, क्योंकि लिखित और शारीरिक परीक्षा में वह सूची में सबसे ऊपर है।

मोहन दास ने देखा कि वही बाबू उस कमरे में बैठा हुआ था, जिससे वह पहले मिलता था। उसकी कुर्सी बड़ी हो गयी थी और सामने वाली मेज़ भी। उसकी पीठ के पीछे ठण्डी हवा फेंकने वाला ए.सी. लगा हुआ था। मोहन दास दरवाज़े के पास खड़ा हुआ देख रहा था कि वह बाबू बिस्कुट खाने और चाय पीने में व्यस्त था और उसके सामने की कुर्सी में दो लोग बैठे हुए धीरे–धीरे उससे बात कर रहे थे। अचानक बाबू ने उसकी ओर देखा तो मोहन दास ने हाथ जोड़कर नमस्कार किया और पुरानी स्मृति को जगाने के उद्देश्य से उसकी ओर देखकर मुस्कुराया। बाबू के माथे पर बल पड़े। शायद वह उसे पहचान नहीं पाया। मोहन दास ने उसे दुबारा हाथ जोड़कर नमस्कार किया और बोला–'साहब मैं मोहन दास...!' लेकिन तब तक बाबू ने अपनी मेज़

के नीचे लगी घण्टी का स्विच दबा दिया था। बड़ी तेज़ी कर्कश खरखराती आवाज़ पैदा हुई और एक चपरासी दौड़ता हुआ अन्दर गया। बाबू ने उससे कुछ डाँटते हुए कहा, जो मोहन दास को सुनाई नहीं पड़ा। चपरासी ने आकर कमरे का परदा खींच दिया और मोहन दास को सिर से पाँव तक घूरते हुए कहा–'क्या काम है? चलो उधर बैठो, बारामदे की उस बेंच पर...! इधर कैसे आ गये?' मोहन दास ने उसे बताना चाहा कि उसका नाम मोहन दास है और आज से साढ़े चार साल पहले वह कोलियरी में नौकरी के लिए सेलेक्ट हुआ था और अपने सारे काग़ज़ात इसी ऑफ़िस में जमा कर गया था, लेकिन उसकी जगह पर कोई और आदमी, उसी के नाम से नौकरी पर लग गया है...' वग़ैरह। उसकी आवाज़ इतनी कमज़ोर थी ऊपर से चपरासी उसे जिस तरह खींचता हुआ बारामदे के कोने में रखी बेंच की तरफ़ ले जा रहा था, उससे जल्दी–जल्दी बोले गये उसके वाक्यों में कोई तारतम्यता नहीं रह गयी थी। गले में कुछ फँस–सा रहा था और वह हकला रहा था। मोहन दास चपरासी से अपनी बाँह छुड़ाते हुए गिड़गिड़ाया–'दादा, एक बार उस बाबू से मिला भर दो। मुझे अपने प्रमाण–पत्र और मार्कशीट वापस लेने हैं।'

चपरासी ने उसे लगभग धकियाते हुए दीवार से सटी लकड़ी की बेंच पर बैठा दिया और वापस जाने लगा। मोहन दास ने जान लिया कि अब उसका दुबारा यहाँ तक आ पाना असम्भव होगा। यही आख़िरी मौक़ा है। उसने ज़ोरों से चपरासी को आवाज़ लगायी, जो भर्ती कार्यालय के दरवाज़े से अन्दर घुस कर अदृश्य ही होने वाला था।

'ए...ए...! जा के उस बाबू से बोलो कि मोहन दास बी.ए. आया है और 18 अगस्त, 1997 को जमा किये गये अपने सारे काग़ज़ात वापस माँगता है...! तमाशा बना रखा है! कोठरी और कुर्सी में बैठ गये तो अँधेर मचाओगे?...लाओ पर्ची लाओ, मैं अपना नाम लिखता हूँ...! बाबू को दे देना!'

चपरासी एक बार तो सन्न ही रह गया। किसी बूढ़े भिखमंगे की तरह चीथड़ों में लिपटे इस आदमी के गले से बहुत साफ़–सुथरी भाषा निकल रही थी। ऐसी भाषा और लहजा जो पढ़े–लिखे बाबुओं और अफ़सरों का होता है।

चपरासी दरवाज़े पर कुछ देर ठिठका हुआ मोहन दास को घूरता रहा। फटी हुई बेरंग हो चुकी, जगह–जगह पैबन्द लगी पैंट, तार–तार हो चुकी मैली, चौख़ानेदार, बुश्शर्ट। गंजे होते सिर पर सूखे बिखरे खिचड़ी अधपके बाल। झुर्रियों और बेतरतीब आड़ी–तिरछी लकीरों से भरा ताँबई मुरझाया चेहरा। गड्ढों में धन्सी, धीरे–धीरे बुझतीं, जैसे अपने आप को देखती हुई, हताश कमज़ोर आँखें। नीचे पैरों के अँगूठों में किसी तरह फँसाई गयी रबर की बहुत पुरानी, सस्ती–सी चप्पल, जिसे लम्बी बेरोज़गारी, अभाव, दुख और हताशा ने रबड़ का भी नहीं रहने दिया था, मिट्टी, काठ या काग़ज़ का बना डाला था।

'फटीचर...!साला पगलैट...! बैंचों...कौन–सी पार्टी और अफ़सर इस ससुर भुक्खड़ की मदद को आयेगा?' यही वह बुदबुदाहट थी, जो चपरासी के होंठों में गुस्से की कँपकँपी पैदा कर रही थी। मोहन दास को लगा कि चपरासी को उसकी बातों पर विश्वास नहीं हो रहा है, जब कि ईश्वर जानता है कि वह सच बोल रहा था, इसीलिए वह बेंच से उठा और आत्मविश्वास से भरा हुआ, सधे क़दमों से उसकी ओर बढ़ा। उसके मन में था कि वह जाकर उसे समझाने की कोशिश करेगा कि बिसनाथ ने उसके साथ ही नहीं बल्कि ओरियंटल कोल माइंस के साथ भी जालसाजी और धोखाधड़ी की है।

मोहन दास जिस व्यग्रता और जल्दबाज़ी में चपरासी की ओर बढ़ रहा था और चेहरे पर उसके दिमाग़ में चल रही उथल–पुथल की वज़ह से जैसी आड़ी–तिरछी लकीरें बन रहीं थीं, गड़ढों में धँसी आँखों में जो एक ख़ास तरह की बेचैन चमक आ गयी थी और अपनी सारी बात एक साथ कह देने की उग्र व्याकुलता में उसके

सूखे–पपड़ियाएँ होंठ जिस तरह काँप रहे थे, उससे चपरासी सचमुच डर गया। वह मोहन दास की ओर देखता हुआ ज़ोरों से चिल्लाया :

'ए...ए...! एक डग आगे झै धरना, समझे। ठहर जाओ ओही ठे ससुर...। हम बोले, ठहर जाओ...ओही ठे...!'

'ए...ए...भाई!...मेरी बात तो सुनो...!' मोहन दास बिगड़ती हुई बात को सँभालने के लिए कुछ ज़ोर से बोला। लेकिन उसकी बात में विनम्रता कम और बेचैनी शायद ज़्यादा थी, जिससे बात और बिगड़ गयी। चपरासी तनकर खड़ा हो गया और ज़ोरों से चिल्लाया : 'बहिर हो क्या! ठहर जाओ ओही जगह, नहीं तो खन के गाड़ देंगे ससुर! एक डग आगै झै धरना!'

दरवाज़े पर चीख़ पुकार सुनकर दफ़्तर के अन्दर से चार–पाँच लोग बाहर निकल आये। वे अफ़सरों जैसे कपड़ों में थे और घूर कर मोहन दास को सिर से पाँव तक देख रहे थे।

'कौन है?...यहाँ अन्दर तक कैसे चला आया?'

'सिक्योरिटी ऑफिसर पांडे को बुलाओ!...ये गार्ड खैनी रगड़कर कुर्सी पर सोते रहते हैं!'

'आज मेन गेट पर ड्यूटी किस–किस की थी? ड्यूटी रजिस्टर लाओ?'

'अरे, भगाओ इसे!'

'ये तो हद्‌दै हो गयी...! कोई भी इस तरह अन्दर घुस आये...! किसी को ठाँय–ठाँय गोली मार जाये...! अरे कुछ नहीं तो बमै फोड़ जाये...!'

'पुलिस में दे दो! शर्माजी, मिलाइए अपना मोबाइल...वो सौ नम्बर!'

मोहन दास की बात कोई नहीं सुन रहा था। उसे धकियाया जा रहा था। सिर, पीठ, कन्धे और चेहरे पर पंजों, घूँसों और कुहनियों की चोटें बरस रही थीं। मोहन दास दोनों हाथों से अपना चेहरा ढँककर अपनी आँखें बचा रहा था : 'हमारी बात तो सुन लीजिए!...ए...मारिये नहीं! ए...ए...!'

इतने में ही तीन–चार गार्ड दौड़ते हुए आये। इनमें से एक के हाथ में बारह बोर की दुनाली थी, जैसी बैंक के चौकीदारों के पास होती है। बाक़ी के हाथ में डण्डे थे। मोहन दास की पीठ उधड़ गयी। उसकी आँखों के सामने कठिना नदी में अमावस की रात देखे गये सारे नक्षत्र चीख़ते–कराहते हुए, उल्काओं की तरह टूट–टूट कर गिरने लगे। कोई ऐसी गुम्म चोट कहीं पड़ी कि उसके गले से ठीक वैसी ही चीख़ निकली, जैसी उस सुअर के गले से निकलती है, जिसकी टाँगों को बाँधकर उसके गले को रेता जाता है। वह ऐसी चीख़ थी कि कोयला खदान के तमाम कामगार बाहर निकल आये और घेरा बनाकर उस तमाशे को देखने लगे।

(ध्यान दीजिए, यह ब्यौरा उसी समय है जब हिन्दुओं का जगद्गुरु अपने मठ में बैठा हुआ, एक स्त्री के साथ वही सब कुछ कर रहा था, जो हज़ारों किलोमीटर दूर, कई समुद्र पार, व्हाइट हाउस की कुर्सी पर बैठा अमेरिका का राष्ट्रपति कर रहा था। जब दज़ला और फरात नदी के पास किसी गड्ढे में अपनी जान बचाने के लिए छिपे हुए गिलगमेश के एक वंशज को पुराने समुद्री डाकुओं के वंशज बाहर खींचकर उसके दाँत गिन रहे थे।

ऐसा समय, जिसमें जिसके पास जितनी मात्रा में सत्ता थी, वह विलोमानुपात के नियम से, उतना ही अधिक निरंकुश, हिंस्र, बर्बर, अनैतिक और शैतान हो चुका था।...और यह बात राष्ट्रों, राजनीतिक दलों, जातियों, धार्मिक समुदायों और व्यक्तियों तक एक जैसी लागू होती थी।)

मोहन दास ओरियंटल कोल माइंस के मुख्य गेट के बाहर सड़क पर खड़ा था। एकदम बीचोंबीच। उसके दिमाग़ ने कुछ भी सोचना छोड़ दिया था। एक डरावना–सा सन्नाटा था, जो पूरे वातावरण में साँय–साँय करता हुआ बज रहा था। उसे यह

भी होश नहीं था कि वह सड़क के ठीक बीच में खड़ा है और उसके दोनों तरफ़ से ट्रक, मेटाडोर, टेंपों और दूसरी गाड़ियाँ हॉर्न बजाती, उसे किसी तरह कुचलने से बचाती हुई, तेज़ रफ़्तार से लगातार गुज़र रही हैं।

मोहन दास की जेब में वह पर्स अभी भी था, जो उसने नौकरी लगने की उम्मीद में तीस रुपये में ख़रीदा था। उसमें इस समय एक सौ सत्तर रुपये थे। उसकी मेहनत और कमाई के रुपये। पैंसठ रुपये बस का किराया देने के बाद भी उसके पास इतने रुपये बचे थे। अपनी जेब में पर्स को छूते ही उसका दिमाग़ शान्त होने लगा। इतनी देर बाद उसे अचानक धूप में तेज़ होने का अहसास हुआ। वह तेज़ी से चलता हुआ सड़क के किनारे आ गया। उसे भूख लगी हुई थी।

'मोटू वैष्णव शुद्ध शाकाहारी होटल' नामक ढाबे में खाते हुए उसे पता चला कि शाम को यहाँ से राज्य परिवहन की दो और एक प्राइवेट बस उसके गाँव पुरबनर की ओर जाती हैं। अभी तो सिर्फ़ एक ही बजा था। उसने फ़ैसला किया कि वह एक चक्कर ओरियंटल कोल माइंस की कॉलोनी 'लेनिन नगर' का भी मार ले। वहाँ शायद जान–पहचान को कोई दिख जाये। स्कूल–कॉलेज का कोई पुराना सहपाठी या कोई और।

लेनिन नगर में यहाँ से वहाँ तक वह भटकता रहा। दोपहर का समय था। सारे फ्लैट एक ही जैसे बने हुए थे। लोग काम करने कोलियरी जा चुके थे। घरों में सिर्फ़ औरतें और बच्चे थे। स्कूल की एक बस जगह–जगह रुकती हुई बच्चों को उतार कर आगे चली जा रही थी। लेनिन नगर काफ़ी बड़ी कॉलोनी थी। अगर मेरे साथ धोखाधड़ी और जालसाज़ी न की गयी होती तो मैं भी अपने परिवार के साथ लेनिन नगर के ऐसे ही फ्लैट में रहता, हर महीने तनख़्वाह मिलती, देव दास और शारदा इसी तरह स्कूल ड्रेस और जूता–मोजा पहने हुए इस बस से उतरते। कूलर–पंखा में सोते, लेकिन कैसी विडम्बना थी कि मोहन दास

को बिसनाथ के फ्लैट का पता पूछने के लिए अपना ही नाम लेना पड़ रहा था।

'मोहन दास का फ्लैटस कौन–सा है, भाई साहब!'

'कौन? वो सुपरवाइज़र साहब?'

'हाँ...!'

'आगे चले जाओ सीधे। तीन कट छोड़कर चौथी में उल्टे हाथ मुड़ जाओ। तीसरा ही मकान है। ए बटा ग्यारह! डॉक्टर जनार्दन सिंह के बगल वाला फ्लैट।'

फ्लैट का दरवाज़ा बन्द था। बाहरी दीवार पर नेमप्लेट लटक रहा था, जिस पर लिखा था : मोहन दास विश्वकर्मा, कनिष्ठ आगार अधिकारी, ओरियंटल कोल माइंस'।

मोहन दास कुछ देर तक खोया हुआ नेम प्लेट को पढ़ता रहा फिर उसने कॉलबेल का स्विच दबाया, जो ठीक नेमप्लेट के नीचे था। मोहन दास एक पल को डर गया क्योंकि जो आवाज़ पैदा हुई, वह ठीक वही कर्कश आवाज़ थी, जो भर्ती दफ़्तर के बाबू की मेज़ वाली घण्टी से पैदा हुई थी, और जिसके बाद उसके साथ हादसा हुआ था।

दरवाज़ा एक चौदह–पन्द्रह साल के लड़के ने खोला।

'साहब नहीं हैं। अभी–अभी निकले हैं। सामने मार्केट में लस्सी पी रहे होंगे।' लड़के ने एक साँस में कहा।

'पीने को पानी मिल जायेगा क्या? मोहन दास का हलक सूख रहा था। धूप बहुत तीखी हो गयी थी और हवा में लू की लपटें थीं। वह झुलस रहा था। कोलियरी में जब उसे धक्का मारकर पीटते हुए बाहर निकाला गया था, उसकी कुहनी, गाल और पीठ पर एक–दो जगह खरोंचें आ गयी थीं। वे खरोंचें पसीने के खारेपन से चिलमिला रही थीं।

'तुम यहीं खड़े रहो। देता हूँ।' लड़के ने उसे सिर से पाँव तक घूरने के बाद कहा और अन्दर चला गया।

मोहन दास तीन गिलास पानी गटक गया। लड़का फ्रिज में

से ठण्डी बोतल निकालकर लाया था। पानी पीने से उसकी देह में जान आयी, आँखों में उजाला लौटा और मन कुछ शान्त हुआ। उसने देखा कि गिलास वापस लेते हुए लड़का उसे सहानुभूति के साथ देख रहा है।

'घर में अभी कौन-कौन है?' मोहन दास ने पूछा।

'कोई नहीं। बस कस्तूरी मैडमजी हैं।...अभी सो रही हैं। तुम पाँच बजे के बाद आना।' लड़का ख़ाली बोतल और गिलास लेकर अन्दर जाने लगा तो मोहन दास ने कहा-'तुम्हारा साहेब आये तो उससे बोलना, पुरबनरा गाँव से मोहन दास आया था। साँझ को मैं फिर आऊँगा।'

लड़का अन्दर जाते-जाते रुक गया। उसने मोहन दास को उलझन भरी नज़र से देखा और बोला-'क्या बोले?...कौन आया था?'

'मोहन दास!' मोहन दास ने ज़ोर से कहा और धीरे-धीरे मई की आग में जलती और पिघलती हुई कोलतार की सड़क पर वापस आ गया।

लेनिन नगर का मार्केट बहुत बड़ा नहीं था। हालाँकि आधुनिक होने के कारण वह छटपटा रहा था। तीन-चार डिपार्टमेंटल स्टोर्स, कुछ खुदरा क़िस्म की किराने की छोटी दुकानें। डोसा-इडली-बड़ा वाला 'कावेरी फास्ट-फूड'। दो तन्दूर, दाल मखनी, कड़ाही पनीर, बटर चिकेन, आलू पराँठा वाले होटल। एक देशी और अंग्रेज़ी शराब की दुकान, जिसमें 'यहाँ ठंडी बीयर भी मिलती है' का बोर्ड लगा हुआ था। पान-सिगरेट की दो गुमटियाँ और प्लास्टिक, इलेक्ट्रिकल्स और इलेक्ट्रॉनिक सामानों की, काँच के शो-विंडोज़ वाली दो दुकानें। एक कपड़े की भी बहुत बड़ी-सी, हालनुमा दुकान थी, जिसके सामने, गेट पर और काँच के भीतर भी, जालीदार ब्रेसरी और जालीदार चड्डी पहनी हुई, अपना सब कुछ इलकाती, आदम-हौवा क़द की सफ़ेद फ़ाइबर की पुतलियाँ खड़ी हुई थीं।

मोहन दास ने देखा, लक्ष्मी वैष्णव भोजनालय के सामने पुलिस की टाटा सुमो खड़ी हुई थी, जिसमें दो–तीन सिपाहियों के साथ उसके गाँव के पण्डित छत्रधारी तिवारी का लड़का विजय तिवारी, जो अपने ससुर की तिकड़म से दरोगा हो गया था, लस्सी पी रहा था।

...और बिसनाथ भी वहीं था।

बिसनाथ किसी बात पर ठहाका मारकर हँस रहा था और अपनी लस्सी ख़त्म करके टाटा सूमो की ओर बढ़ रहा था तभी उसकी नज़र मोहन दास पर पड़ी। वह चौंक गया। एक पल के लिए उसके चेहरे का रंग उड़ा। अब तक जो हँसी उसके चेहरे पर नाच रही थी, वह ठिठककर ग़ायब हुई। बिसनाथ के चेहरे पर आयी गड़बड़ी को भाँपकर विजय तिवारी ने पलटकर देखा। वह गाड़ी में ड्राइवर की सीट पर बैठा था। वर्दी में सजा–धजा।

मोहन दास चीथड़ों में, लू में झुलसता हुआ, सड़क के किनारे, बिजली के खम्भे के पास, लगभग पन्द्रह गज़ के फ़ासले पर खड़ा हुआ था।

एक तनाव भरी चुप्पी अचानक उस दोपहर की धूप में यहाँ से वहाँ तक पसर गयी।

बिसनाथ गाड़ी पर चढ़ गया। विजय तिवारी ने चाभी घुमाकर इंजन स्टार्ट किया और एक ही झटके में उसे दौड़ाता हुआ तेज़ रफ़्तार से ठीक उसी तरफ़ आया जिधर मोहन दास खड़ा था। मोहन दास दहशत में आ गया और लड़खड़ाते हुए बिजली के खम्भे की ओर हटा। विजय तिवारी ने ज़ोरों से ब्रेक मारी और गाड़ी को मोहन दास के ठीक सामने रोक दिया। ब्रेक न लगती तो मोहन दास खम्भा समेत उसके चपेटे में आ जाता। मोहन दास सकते में था।

'इधर आ!' विजय तिवारी ने उसे बुलाया। आज से मुश्किल से सात–आठ साल पहले, यही विजय तिवारी उसके साथ एम.जी. डिग्री कॉलेज में पढ़ता था। हर रोज़ एक की क्लास में

वे बैठते थे। पढ़ाई–लिखाई में वह लद्धड़ था। उसके पिता पण्डित छत्रधारी उसे मोहन दास का उदाहरण दिया करते थे, जो हर साल फर्स्ट आता था। इस समय वही विजय तिवारी पुलिस की वर्दी में, बत्ती और लाउडस्पीकर लगी टाटा सुमो में बैठा हुआ उसे जिस तरह से घूर रहा था, उसमें अजनबीपन ही नहीं, हिंसा और गुस्से की साफ़ उपस्थिति थी। ऐसा क्यों हो रहा था? क्या मोहन दास ग़रीब और नीची जात का था इसलिए? या इसलिए कि वह बेरोज़गार था और अपनी मेहनत से चुपचाप अपने परिवार की आजीविका चला रहा था? या फिर इसलिए कि इन लोगों ने उसे ठगा था, उसका हक़ मार लिया था और अब यहाँ उसकी मौज़ूदगी उनकी आज़ादी और मौज मस्ती में बाधा पैदा कर रही थी?

'खम्भे ने बचा लिया ससुर नहीं तो अभी लोथ बन गया होता!' विजय तिवारी ने धीरे से बुदबुदाते हुए कहा।

'अरे छोड़ो! माछी मारै अऊर हाथ गंधाय!' बिसनाथ ने कहा। 'वैसे ही हड़का देते हैं! कभी इधर की दिशा नहीं करेगा बैंचो!'

मोहन दास अभी तक अपनी जगह से हिला नहीं था।

विजय तिवारी ने ज़ोरों से कई बार हॉर्न बजाया, और इसके बाद अचानक गाड़ी के ऊपर लगे स्पीकर्स में उसकी आवाज़ चारों ओर गूँज उठी :

'अरे ए...बिसनाथ! गा़ड़ी के आगे क्यों कूदा, बिसनाथ? तेरा दिमाग़ सनक गया है क्या बिसनाथ? अरे बिसनाथ, बोलता क्यों नहीं? बहिरा हो गया है रे का बिसनाथ! बिसनाथ...अरे ओ बिसनाथ!'

गाड़ी के भीतर ज़ोरों से ठहाके उठने लगे।

'भउजी को यहाँ नहीं लाया बिसनाथ? अकेले मरने आ गया,...आंय!'

बिसनाथ गाड़ी में से उतरा और मोहन दास के क़रीब आकर खड़ा हो गया। उसने अपनी जेब से पाँच सौ का नोट निकालकर मोहन दास की शर्ट की जेब में खोंस दिया।

'सुनो, अब अपना पुराना नाम बिसर जाओ और अब आज के बाद से कभी लेनिन नगर की ओर गोड़ झै बढ़ाना, समझे! आज तो हम दारू नहीं लस्सी पी रखे थे, ऊपर से बिजली का खमभा आड़े आ गया, नहीं तो आजै चांप देते। दुबारा कहीं आसपास दिखे तो कॉलरी की भट्‌ठी में राखड़ बना देंगे।' इसके बाद बिसनाथ घूमा और मोटू वैष्णव ढाबे की ओर देखते हुए ज़ोरों से आवाज़ लगायी : 'अरे ए नन्द किशोर, इस बिसनाथ को एक गिलास लस्सी पिला देना ठण्डी! बरफ़ डाल के! हमारे पड़ोसी गाँव का है बिसनाथ...!' टाटा सूमो के भीतर से लगातार ठहाकों की आवाज़ें आ रहीं थीं।

बिसनाथ ख़ुद भी हँसने लगा था। लौटकर गाड़ी में चढ़ते–चढ़ते उसने धीरे से विजय तिवारी से कहा :

'ये नन्द किशोर है तो भखार का ढीमर, लेकिन यहाँ बांभन बन के वैष्णव शाकाहारी होटल चला रहा है। सजनपुर के चौबे घराने से बहू भी बियाह लाया है ससुर। 'पण्डिज्जी' कहो तो भकभका के फूलकर गुप्पा हो जाता है।'

'अच्छा है! बिरादरी बढ़ती है।' विजय तिवारी ने कहा और ठहाका लगाकर ढाबे की ओर मुँह करके बोला : 'बिसनाथ को थोड़ा सँभलकर लस्सी पिलाना पण्डिज्जी, ऊपर का पेंच कुछ लूज हो गया है...! हाँ, पैसा हमारे खाते में चढ़ा लेना।'

'बेफ़िकर रहें! बेफ़िकर! घर का काम है। पेंच तो हम सेट कर देंगे!'

मोहन दास के मुँह पर टाटा सूमो धूल और धुआँ छोड़ती हुई चली गयी।

मोहन दास उसी जगह पर खड़ा रहा, बिजली के खम्भे को अपने हाथों से थामे हुए। क्या यह कोई फ़िल्म थी, जिसका सीन अभी–अभी पूरा हुआ और जिसमें वह ख़ुद भी एक मात्र था? या यह कोई अजीबोग़रीब सपना था?

मोटू वैष्णव शाकाहारी ढाबे से गोरा–चिट्टा, काली–चमकदार आँखों का अधेड़ तुंदियल हलवाई नन्द किशोर लस्सी का गिलास हाथों में थामे उसे पुकार रहा था :

'आओ भाई बिसनाथ! लस्सी तो पीते जाओ!'

मोहन दास जब लेनिन नगर के मार्केट से बस स्टैंड की ओर जा रहा था तो उसे रास्ते में एक परेशान–सा आता हुआ आदमी दिखा। वह लेनिन नगर की ओर ही जा रहा था। उसके कन्धे पर एक झोला था, पैंट बेरंग थी और पायंचे उथड़े हुए थे। उसकी क़मीज़ का रंग कभी लाल रहा होगा, जो अब मैला और पुराना होकर कत्थई हो चुका था। मोहन दास के पास आकर वह रुका और बोला :

'भाई, लेनिन नगर में सूर्यकान्त का फ्लैट कौन–सा है?'

मोहन दास को याद आया, जब वह बिसनाथ का पता खोज रहा था, तब उसे यह नेमप्लेट देखी थी। उसने याद करने की कोशिश की।

'आगे से सीधे हाथ को घूम जाना और सौ गज़ आगे जाकर तिराहे के पास, मटियानी चौक पर किसी से पूछ लेना। उसी के आसपास है।'

जब वह आदमी जाने लगा तो मोहन दास ने धीरे से उससे पूछा–

'तुम किसका फ्लैट खोज रहे हो?'

'सूर्यकान्त का! उन्नाव के पास के गाँव का है।'

'उसके गाँव का नाम क्या है?'

'गढ़ाकोला...!'

'और तुम्हारा नाम क्या है?'

वह आदमी थोड़ी देर तक चुप रहा। उसके होंठ थरथराये, गड्ढों में धँसी आँखों में से पानी रिसने लगा। उसके सूखे हुए गले से एक कमज़ोर भर्राई हुई आवाज़ निकली :

'सूर्यकाँत! गढ़ाकोला का सूर्यकाँत!'

वह आदमी मुड़ा और धीरे–धीरे डगमगाता हुआ लेनिन नगर की ओर बढ़ गया।

(यह क़िस्सा उसी समय का है जब संसार के हर देश की हर सरकार की अर्थनीति और राजनीति एक जैसी थी, जब अमीरों और ग़रीबों के बीच की खाई इतनी गहरी और चौड़ी हो चुकी थी कि उसे कोई भी प्रायोजित विज्ञापन छिपा नहीं पाता था...

वही समय, जब बीसवीं सदी की शुरुआत में उत्पीड़ित और शोषित मनुष्यता के पक्ष में क्रान्ति करने वाली शक्तियाँ, साझा सरकार बनाने, पेट्रोल की क़ीमत कम करने और ग़रीबों पर राज करने का शतरंज खेल रही थीं...और...ऐसा समय, जिसमें इस देश में जो भी ईमानदार था और अपने श्रम और प्रतिभा पर जिन्दा था, उसे मारने या कुचलने के लिए इक्कीसवीं सदी के उत्तर–औद्योगिक लोकतन्त्र में एक अभूतपूर्व सर्वदलीय ऐतिहासिक सहमति थी...! राजनीति का कोई भी रूप सत्ता के ऐसे उपकरण में बदल चुका था, जिसका इस्तेमाल प्रजा के उत्पीड़न, दमन और उस पर अन्याय के लिए हो रहा था।)

रात में ग्यारह बजे मोहन दास अपने घर पहुँचा। सभी उसकी बाट जोह रहे थे। कस्तूरी ने भात–दाल और भिण्डी का खुथीमा बनाया था। थोड़ी–सी कच्चे आम की चटनी भी उसने सिल–बट्टे में पीस दी थी। देव दास और शारदा खाकर सो गये थे। काबा ओसारे में खाट पर पड़ा–पड़ा खाँस रहा था। 'आज तीन बेर खोंखी के साथ लोहू अऊ मास गिरिस।' कस्तूरी ने बताया। पुतलीबाई वहीं, काबा की खाट के नीचे दरी बिछाकर सो गयी थी। कस्तूरी ने अब तक नहीं खाया था। उसने थाली में अपना और मोहन दास का खाना लगाकर परात से उसे ढँक दिया था।

हाथ–पाँव धोने के लिए जब मोहन दास ने अपने कपड़े उतारे और अंगौछा लपेटा तो उसके उघड़े बदन में लगी चोटों और खरोंचों के निशान कस्तूरी को दिख गये। वह चिन्तित हो गयी। 'का होइ गइस? कहों ठे गिर परे हवस का?' कस्तूरी उठकर उसके क़रीब आ गयी और ध्यान से उसकी देह को छू–छू कर देखने लगी। 'हाय दाई! य त मारे पीटे ल घाव जनाथे!' मोहन दास चुपचाप हाथ–पाँव धोता रहा। ठण्डे पानी के साथ उसकी दिनभर की थकान धुलती हुई नाली में बहती जा रही थी। मंजनौठे के पास ही बेले का एक बड़ा–सा पौधा लगा था, जिसमें ख़ूब सारे फूल आये हुए थे और उनकी महक पूरे आँगन में फैल रही थी। मोहन दास ने साँस खींचकर अपने फेफड़ों को भर लिया और थोड़ी देर तक आँख मूँदे सतगुरु कबीर का जाप करता रहा।

कस्तूरी ने खाने की थाली के ऊपर से परात हटायी तो पूरे आँगन में भात की महक फैल गयी। लोहंदी चावल था। पुराना। कुठिला के किसी कोने में पुतलीबाई ने छुपाकर रखा था और भूल गयी थी। आज उसे उस छिपाये गये चावल की याद आयी थी और उसने टटोल–टटोलकर वह पोटली खोज निकाली थी। मोहन दास ने जमकर खाया। आम की चटनी उँगलियों में लपेटकर जब वह चाट रहा था तो कस्तूरी ने कहा :

'बिसैंधी आमा अमल्लक फरे हबै। बेचे माँ हज़ार त कम्मै से कम मिली...! आने रोज़ बेंच डारों को?' (बिसैंधी आम के पेड़ पर बेतहाशा फल आये हैं। बेचने पर कम–से–कम हज़ार–दो हज़ार तो मिलेंगे ही मिलेंगे। कल बेंच डालूँ क्या?)

मोहन दास ने तृप्त होकर लम्बी डकार मारी और बोला : 'तोर हाथ के रांधे माँ जादू हबै कस्तूरी! आमा ल चटनी, भात अउ भूख माझी तोर ल हाथ परोस देय...त सरगै मिल जाथे!' (तेरे हाथ के पकाये भोजन में जादू है कस्तूरी। आम की चटनी, भात और भूख के साथ अगर तेरे हाथ के परोसने का संयोग हो जाय तो स्वर्ग ही मिल जाता है।)

कस्तूरी की आँखें भर आयी। वह जानती थी कि आज मोहन दास के साथ फिर कोई हादसा हुआ है, जिसे वह हमेशा की तरह उससे छिपा रहा है।

उस रात कस्तूरी तो फिर भी बहुत रात तक जागने के बाद सो गयी लेकिन मोहन दास की आँख एक पल को नहीं लगी। वह बार–बार उठता और गटागट पानी पीता। उसके दिमाग़ के भीतर कोई धूल और कोहरे से भरी तेज़ आँधी चल रही थी। आँधी भी नहीं, कोई बहुत बेचैन बवंडर।

मोहन दास दो–एक बार फिर ओरियंटल कोल माइंस गया लेकिन वहाँ, जाना व्यर्थ ही साबित हुआ क्यों कि वहाँ और लेनिन नगर में यह अफवाह फैला दी गयी थी कि एक कोई सनकी हफ़्ते–पखवाड़े यहाँ आता है और ख़ुद को माइंस का असली डिपो सुपरवाइज़र और असल मोहन दास बी.ए. कहता है। अगर उसे बिसनाथ कहकर पुकारो तो अंट–शंट बकने लगता है और उस पर पागलपन के दौरे पड़ने लगते हैं।

मोहन दास हार गया और उसने कोलियरी जाना छोड़ दिया। वह दिन रात घुटता रहता। कठिना की रेत पर रात भर जागता हुआ चुपचाप आकाश को घूरता रहता। गाँव में वैसे भी कबीरपन्थी बंसहर–पलिहा नीची जात के माने जाते थे। वे अनुसूचित जाति के हैं या आदिवासी या आदिम जनजाति, अभी तक सरकारी गजेट में यह स्पष्ट नहीं था। दस साल पहले हुई जनगणना में उनकी जाति के आगे सिर्फ़ 'बंसोर' या 'पलिहा' लिखा हुआ था। दूसरे काग़ज़ात में धर्म 'हिन्दू' और राष्ट्रीयता 'भारतीय'। उनकी संख्या भी कम थी। उनकी बिरादरी का कोई आदमी पार्टी और सरकार में था नहीं, इसलिए मोहन दास यहाँ भी मज़ाक और चुहल का विषय बन गया था। ऊँची जात के अमीर लोग उसे देखते और पूछते : 'तेरी नौकरी कब लग रही है, मोहना?' कोई उसे सलाह देता कि 'विजय तिवारी की भैंसवारी सँभाल ले। कम–से–कम खाने–पीने के लाले तो नहीं पड़ेंगे। कस्तूरी भी मौज

करेगी। साड़ी–सैंडिल की किल्लत नहीं रहेगी।' कोई–कोई तो उसे लेनिन नगर जाकर बिसनाथ के पैर पकड़कर उसी के घर चाकरी करने का सुझाव देता। मोहन दास गाँव के बड़े लोगों को देखकर कटने लगा। वह उन्हें देखकर दूर से ही मुड़ जाता।

ऐसा भी नहीं था कि उसके प्रति गाँव के लोगों की सहानुभूति ही नहीं थी। सच तो यह है कि ज़्यादातर लोग उसके लिए चिन्तित रहते। किसी–न–किसी तरीक़े से उसकी मदद भी करना चाहते, लेकिन ये वे लोग थे, जो स्वयं भी कई तरह के संकटों और विपदाओं में घिरे हुए थे। इनमें से किसी की भी कहीं ऊपर तक पहुँच नहीं थी। वे सब अपने पसीने और अपने–अपने आँसुओं के साथ इस समय में चुपचाप जीने वाले लोग थे।

घनश्याम ऐसे लोगों में से एक था। जात से कुर्मी था। हालाँकि वह ग़रीब नहीं था। तीस बीघे की खेती थी। बैंक से क़िस्तों पर उसने ट्रैक्टर ले रखा था। शाक–सब्ज़ी वग़ैरह उगाने के अलावा वह अपना ट्रैक्टर किराये पर उठाता। तब भी हर महीने साढ़े सात हज़ार की क़िस्त पटा पाना उसके लिए मुश्किल होता। खेत में पैदा होने वाले अनाज और दूसरी फ़सलों की क़ीमत ही बाज़ार में नहीं रह गयी थी। पास के गाँव बलबहरा का बिसेसर, जिसने ग्रामीण बैंक से क़र्ज़ लेकर सोयाबीन की खेती की थी, दो महीना पहले अपने खेत की नीलामी से बचने के लिए बिजली के खम्भे पर चढ़कर नंगी तार से चिपककर मर गया था। छोटे किसान और खेत मज़दूर गाँव छोड़–छोड़ कर शहर भाग रहे थे। घनश्याम ख़ुद भी परेशान रहता है।

उस रोज़ मोहन दास को हलकी जूड़ी चढ़ी हुई थी। दिन–भर सूपा–टोकरी की बुनायी और देर रात तक पलिया में पानी सींचने के बाद वह इतना थक गया था कि बिना खाये–पिये सो गया था। सुबह उठा तो देह गरम थी। परछी में लेटा हुआ था कि घनश्याम आ गया। वह अपने साथ मोहन दास के साढ़ू गोपाल दास को भी पकड़ लाया था। दोनों ने मोहन दास से कहा कि

उनकी पहचान का एक आदमी निकल आया है, जो ओरियंटल कोल माइंस के जी.एम. (जनरल मैनेजर) एस.के. सिंह को जानता है। उन्होंने मोहन दास से कहा कि वह अभी तुरत हाथ–मुँह धोकर तैयार हो जाये, अगली ही बस से वहाँ चलना है। घनश्याम और गोपाल दास दोनों उत्साह में थे। उन्होंने बताया कि आज ही पहुँचना इसलिए ज़रूरी है क्योंकि परसों जी.एस. एक महीने की

छुट्टी पर बाहर जा रहे हैं। गोपाल दास अपने झोले में मोहन दास के पहनने के लिए एक पैंट और एक शर्ट भी लेकर आया था। उसने हँसते हुए कहा : 'ले एही पहिर ले। बंगरा बरदा के पोथा हस मुँह लटकाय के झै जा मनीजर लघ।' (लो इसे पहन लो! बूढ़े बैल के अण्डकोश की तरह मैनेजर के पास चेहरा लटका के मत जाओ।) मोहन दास जूड़ी में भी हँसने लगा।

ओरियंटल कोल माइंस के जनरल मैनेजर एस.के. सिंह से मिलने में कोई दिक़्क़त नहीं हुई। गोपाल दास की पैंट और बुश्शर्ट ने मोहन दास के भीतर नया आत्मविश्वास पैदा कर दिया था। उसने जी.एस. को पूरा क़िस्सा बताया कि कैसे 18 अगस्त, 1997 की तारीख़ में हुई भर्ती परीक्षा में वह नौकरी के लिए सेलेक्ट हुआ था और पाँच कैंडिडेट की लिस्ट में उसका नाम सबसे ऊपर था। उसी दिन उसने अपने सारे सर्टिफ़िकेट और काग़ज़ात दफ़्तर में जमा कर दिये थे लेकिन उसके पास कभी नियुक्ति पत्र नहीं आया और अब कैसे बिछिया टोला का बिसनाथ उसके नाम से पिछले पाँच साल से यहाँ पर नौकरी कर रहा है और डिपो सुपरवाइज़र बना हुआ दस हज़ार से ऊपर की तनख़्वाह ले रहा है। मोहन दास को घनश्याम ने कह रखा था कि वह जी.एस. को उस दिन की घटना न बताये, जब वह कोलियरी अपने काग़ज़ात माँगने आया था और भर्ती दफ़्तर के बाबुओं ने उसकी पिटाई करवाई थी और फिर बाद में लेनिन नगर में पुलिस के दरोगा विजय तिवारी और बिसनाथ ने उसे धमकाया था। इसलिए मोहन दास इतने पर ही रुक गया। उसकी बात का समर्थन वहाँ बैठे घनश्याम और गोपाल दास में भी किया।

जनरल मैनेजर एस.के. सिंह के बारे में मशहूर था कि वे बहुत सीधे अफ़सर हैं। दन्दी–फन्दियों के साथ अगर वे रहते भी हैं तो इसलिए क्योंकि उन्हें ऊँची अंग्रेज़ी दारू की लत है। वरना वे इतने सीधे हैं कि न तो किसी का नुक़सान कर सकते हैं, न किसी का भला।

बरहाल, जी.एस. ने मोहन दास की पूरी बात सुनने के बाद ओरियंटल कोल माइंस के वेलफेयर ऑफ़िसर ए.के. श्रीवास्तव को इस पूरे मामले की इंक्वायरी का आदेश दिया और कहा कि अगले महीने, जब वे छुट्टी से लौटें, तब तक उन्हें इंक्वायरी रिपोर्ट मिल जानी चाहिए। मोहन दास एस.के. सिंह के इस रुख़ से इतना भावुक हो गया था कि बार–बार उसकी आँखें छलक उठती थीं। वह मन ही मन सतगुरु कबीर और मलइहा माई का नाम जप रहा था।

अगले हफ़्ते इंक्वायरी हुई। वेलफेयर ऑफ़िसर ए.के. श्रीवास्तव लेनिन नगर के फ्लैट नम्बर ए बटा ग्यारह पहुँचे। बिसनाथ को एक–एक बात की जानकारी पहले से ही थी। उसके तार हर जगह फैले हुए थे। पिछले पाँच साल से वह लेनिन नगर में मोहन दास के ही नाम से रह रहा था इसलिए कॉलोनी में हर कोई उसे इसी नाम से जानता था। ए.के. श्रीवास्तव जिससे भी पूछते कि फ्लैट नम्बर एक बटा ग्यारह में रहने वाले आदमी का नाम क्या है, हर कोई एक ही जवाब देता–'मोहन दास!' वे ख़ुद भी पिछले चार–पाँच साल से जिस व्यक्ति को मोहन दास के नाम से जानते थे और जिसके लिए उन्होंने वर्कर्स वेलफेयर फंड से लोन भी सैंक्शन किया था, वह 'मोहन दास' उर्फ़ बिसनाथ ही था। फिर उस रोज़ जी.एम. के चैंबर में उन्होंने जिस आदमी को देखा था, जो ख़ुद को मोहन दास बता रहा था, उसे देखकर उनके मन में कहीं–न–कहीं सन्देह था कि ऐसा दिखायी देने वाला आदमी ग्रेजुएट कैसे हो सकता है? अपने साढू गोपाल दास के कपड़े पहन लेने के बावजूद इतने सालों की बेरोज़गारी, मेहनत और अभावों ने मोहन दास के चेहरे और समूची देह का हुलिया ऐसा बना डाला था कि नज़र में ही वह बीमार, सनकी और अनपढ़ नज़र आता था। इंक्वायरी ऑफ़िसर श्रीवास्तव का मन बार–बार कहता कि हो सकता है कि मोहन दास बना हुआ आदमी डिपो सुपरवाइज़र मोहन दास न हो, बल्कि कोई और हो

लेकिन यह आदमी, जो ख़ुद के मोहन दास होने का दावा कर रहा है, वह भी कहीं से मोहन दास नहीं लगता।

बिसनाथ ने ग़जब की व्यवस्था कर रखी थी। अपने फ्लैट में उसने श्रीवास्तवजी का जमकर सत्कार किया। अपनी पत्नी अमिता को उसने लो कट ब्लाउज और नीची साड़ी में, शर्बत का ट्रे लेकर ड्राइंग रूम में आने का निर्देश दे रखा था। लेनिन नगर मार्केट में हाल में ही खुले शिल्पा ब्यूटी पार्लर में जाकर अमिता ने अपना फेशियल कराया था। उसने शर्बत की ट्रे मेज़ पर रखते हुए मुस्कुराकर जब श्रीवास्तवजी से नमस्ते की और कहा–'सरिता दीदी को साथ में नहीं लाये सर?' तो अचानक वहाँ वातावरण आत्मीय, घरेलू और ऐन्द्रिक हो गया। इंक्वायरी ऑफ़िसर की नज़र बार–बार अमिता की खुली नाभि पर अटक जाती थी। टी.वी. पर इन दिनों दिल्ली–मुम्बई में चलने वाले फ़ैशन शो के कार्यक्रम समाचार चैनलों पर ख़ूब दिखाये जाते थे, लेकिन यहाँ तो बिल्कुल जिन्दा मॉडल जैसी औरत सामने खड़ी थी। यह समाचार नहीं, बल्कि एक सच थी।

'ये मेरी वाइफ़ है सर!' बिसनाथ ने नमकीन की तश्तरी श्रीवास्तवजी की ओर बढ़ाते हुए कहा–'कस्तूरी!'

'नाम तो कुछ पुराने इस्टाइल का नहीं लगता?' इंक्वायरी ऑफ़िसर ने नमकीन की जगह मेज़ पर रखे प्लेट में से एक बिस्कुट उठाते हुए मुस्कुराकर कहा।

अमिता की खिलखिलाहट फैल गयी।

'वो क्या है सर कि ज्योतिषी ने पिताजी से कहा था कि मीन राशि वाली लड़की को अपना चलताऊ नाम भी राशि वाला ही रखना चाहिए...!तभी फलता है। इसलिए हमने भी कहा...चलो कोई बात नहीं। रख लेते हैं।

'ओह! तो कस्तूरी आपका राशि वाला नाम है?' इंक्वायरी ऑफ़िसर अब अमिता से ही मुख़ातिब हो रहे थे। 'अच्छा, तो चलताऊ नाम क्या है आपका?' उनकी मुस्कुराहट में आत्मीयता का घनत्व लगातार बढ़ता जा रहा था।

अमिता के चेहरे पर असमंजस की रेखाएँ बनने लगीं। एक पल को वह चुप रह गयी। बिसनाथ ने इसे फ़ौरन ताड़ लिया।

'हद है! अब नाम बताने में क्या शरमाना कस्तूरी!' बिसनाथ ने ठहाका लगाया–'चलो मैं ही बता देता हूँ।...सर, इनका चलताऊ नाम है अमिता।...अमिता भारद्वाज। घर में सब यही कहते थे।'

इंक्वायरी ऑफ़िसर श्रीवास्तव हँसने लगे।

'लेडीज़ में शर्म न हो तो अच्छा भी नहीं लगता। थोड़ा–सा कुछ तो लेडीज़पन बना रहना चाहिए कि नहीं?...चलिए कस्तूरीजी, हम आपको अब अमिताजी ही कहेंगे! कोई ऑब्जेक्शन तो नहीं आपको?'

'नहीं सर! बिल्कुल भी नहीं!' अमिता चहक उठी। 'बल्कि सच्ची बात तो ये है कि जब मेरे को कोई अमिता बोलता है न, तो लगता है मेरे घर की तरफ़ का कोई है।' अमिता ने एक लम्बी साँस भरी–'इस इलाक़े में तो अपना जैसा कुछ लगता ही नहीं। बैकवर्ड हैं लोग! बोर हो जाते हैं अपन!'

'अभी डेवलप होने में टाइम लगेगा। वैसे प्रोग्रेस तो काफ़ी है इधर। दो साल पहले क्या था यहाँ?' श्रीवास्तव सहज हो रहे थे। 'आपका टाइम कैसे पास होता है यहाँ, लेनिन नगर में?'

'बस हो जाता है किसी तरह। किटी पार्टी हो जाती है। एक दो कमेटी डाल रखी है, ग़रीब मज़दूरों की भलाई के लिए। सोशल सर्विस में मन लग जाता है।'

'अच्छा है, अच्छा है। सरिता को भी बड़ा शौक़ है, सोशल सर्विस का। आप आया करिये न हमारे यहाँ। सरिता को भी इनवाल्व करिये अपने साथ।' श्रीवास्तवजी भूल चुके थे कि वे यहाँ किसलिए आये हैं।

बिसनाथ की बाँछें खिल गयीं। मौक़ा सही था। उसने कहा :

'देखिए सर, ये लेनिन नगर ऐसी कॉलोनी है कि यहाँ–पड़ोसी ही पड़ोसी का दुश्मन है। कोई किसी की हँसी–ख़ुशी और बढ़ती देख नहीं सकता। अब यही बे–बात का बतंगड़। और कुछ नहीं

मिला तो पकड़ लाये किसी को दो–चार दाने फेंककर और कर दी शिकायत। मैं जानता हूँ किसकी कारस्तानी है ये। जातिवाद बहुत फैल रहा है आजकल। ये लोग अब सिर पर बैठेंगे। मैं जानता हूँ किसका किया कराया ये सारा खेल है, लेकिन जाने दीजिए। साँच को आँच क्या? आप अपनी इंक्वायरी बिल्कुल निष्पक्ष हो कर करिये।'

इंक्वायरी ऑफ़िसर ने डायरी निकाली और पूछा :

'फादर का क्या नाम है आपके '

'बाबूजी! ओ बाबूजी! तनिक बैठकी में आ जाइये।' बिसनाथ ने ज़ोरों से आवाज़ दी फिर मुस्कुराकर कहा :

'देखिये संजोग ही है कि अम्मा–बाबूजी दोनों कल्है यहाँ आये हैं। अचार वग़ैरह बना था। पहुँचाने के बहाने चले आये, बेटा–बहू को देखने! हमारी वल्दियत आप हमारे फादर–मदर से ही पूछ लीजिए।'

'मैं तो चलूँ।' अमिता ने कहा : 'ट्रैडिशनल फ़ैमिली है हमारी।' वह उठकर अन्दर चली गयी।

नगेन्द्रनाथ के पीछे उनकी पत्नी रेनका देवी भी ड्राइंगरूम में आ गयीं। तिलक–चंदन देखकर इंक्वायरी ऑफ़िसर श्रीवास्तव जी भी ख़ुद को सोफे से उठकर नमस्कार करने से रोक नहीं पाये। बहुत विनम्रता के साथ उन्होंने पूछा : 'अपना–अपना शुभनाम बता दें आप दोनों। असल में काग़ज़ी कार्रवाई है। पूरी तो करनी ही पड़ती है।'

नगेन्द्रनाथ ने एक पल की भी देर नहीं की : 'हमारा नाम है काबा दास।' उन्होंने कुरते के गले में से खींचकर माला निकाली 'ये तुलसी की माला जब से धारण किये, तबसे तुलसीदास की चौपाइयै हमारा ओढ़ना–बिछौना है। 'दास' नाम हम तभी से जोड़ रखे हैं।...और ये हैं हमारी पत्नी पुतली देवी। मोहना की महतारी।' रेनुका देवी ने सिर हिलाकर हामी भरी।

इस तरह इंक्वायरी पूरी हो गयी। ओरियंटल कोल माइंस

के वेलफेयर ऑफ़िसर ए.के. श्रीवास्तव ने अपनी जाँच में पाया कि मोहन दास बल्द काबा दास, ग्राम पुरबनरा, थाना और ज़िला अनूपपुर, मध्य प्रदेश के बारे में उठाई गयीं सारी आपत्तियाँ निराधार हैं। उन्होंने पुष्टि के लिए पुरबनरा के सरपंच छत्रधारी तिवारी और ज़िला जनपद सदस्य श्यामला प्रसाद द्वारा किये गये तस्दीक के कागज़ भी रपट के साथ नत्थी कर लिए, जो उन्हें बिसनाथ ने ही दिये थे।

बिसनाथ और अमिता उर्फ़ मोहन दास और कस्तूरी के आग्रह पर श्रीवास्तवजी ने दोपहर वहीं विश्राम किया, शाम को शुरू में बियर और बाद में व्हिस्की भी वहीं पी, सामिष आहार में देशी मुर्गे का लुत्फ़ लिया और जब वे रात ग्यारह बजे अपनी नयी 'मारुति जेन' में वहाँ से विदा हो रहे थे, तब बार–बार अमिता को 'कस्तूरीजी' संबोधित करते हुए अपने घर आने और अपनी वाइफ सरिता को समाज में इनवाल्व करने का लगातार आग्रह कर रहे थे।

लेकिन नशे के बावजूद उनकी आँखें अमिता की नाभि पर ही अटकी हुईं थीं, जो रात के अन्धेरे में विशाल होकर उनकी समूची चेतना पर छा गयी थी।

(यह सारा वाक़या उसी समय का है जब पंजाब में लोक सेवा संघ की चयन समिति के अध्यक्ष ने करोड़ों की घूस खाकर, पूरे राज्य में हज़ारों सरकारी अधिकारियों को नियुक्त कर दिया था और सीबीआई द्वारा छापा मारने पर फ़रार हो गया था।...जब बड़े–बड़े मन्त्रियों के आवास में जेड सिक्योरिटी के भीतर सूटकेस और नोटों के बंडल पहुँच रहे थे और वहाँ भारत के किसी साधारण नागरिक का प्रवेश वर्जित था।...जब हरियाणा का एक आई.जी. और उत्तर प्रदेश का एक काबीना मन्त्री स्त्रियों के साथ अवैध सम्बन्ध और हत्या

के आरोप में गिरफ़्तार थे और मुम्बई में एनकाउंटर के द्वारा अंडरवर्ल्ड के अपराधियों को मारने वाला 'सुपरकॉप' खुछ माफिया का 'सुपारी किलर' था।)

...ऐसा समय जब इस उपमहाद्वीप की प्रजा की भाषा हिन्दी और उर्दू को 'राजभाषा' बनाने के बाद प्रेमचन्द, नेरुदा, फ़ैज़ और नजरुल–निराला को 'राज–लेखक' बनाने के लिए सत्ताधारी राजनीतिक दलों के लोग लेखक का मुखौटा लगाकर कमेटियाँ बना रहे थे।

...ऐसा समय जब दिल्ली का एक बीमार और क़र्ज़दार दर्ज़ी अपनी दो सन्तानों और अपनी पत्नी को ज़हर खिलाकर मार डालने के बाद अपनी हत्या का प्रयत्न करते हुए पकड़ लिया गया था, क्योंकि उसके पास आजीविका को कोई विकल्प नहीं रह गया था। अब उसे जेल में डालकर इंडियन पीनल कोड की धारा 302 और धारा 309 के तहत उस पर हत्या और आत्महत्या की कोशिश का मुक़दमा चलाया जा रहा था।

...और...)

ओरियंटल कोल माइंस की इंक्वायरी कमेटी की रिपोर्ट के बाद मोहन दास टूट गया। घनश्याम और गोपाल ने जनरल मैनेजर एस.के. सिंह से एक बार और मिलकर उसे दुबारा इंक्वायरी कराने की माँग की, लेकिन उन्होंने कह दिया कि बार–बार ऐसा नहीं होगा। हमारे सबसे सक्षम और ईमानदार अधिकारी ने यह जाँच की है, दुबारा इंक्वायरी का आदेश देकर मैं उन पर सन्देह नहीं पैदा होने देना चाहता। बाद में पता चला कि बिसनाथ और अमिता ने जनरल मैनेजर को भी लेनिन नगर के अपने घर में बुलाकर खिलाना–पिलाना शुरू कर दिया था और उनकी पत्नी को भी 'समाज सेवा' तथा किटी पार्टी में इनवाल्व कर लिया था।

कोल माइंस में अफ़वाह यह भी थी कि अमिता ने जनरल मैनेजर एस.के. सिंह को फाँस लिया है और अक्सर उनकी कार लेनिन नगर के फ्लैट नम्बर ए बटा ग्यारह के बाहर, मोहन दास, कनिष्ठ आगार अधिकारी के फाटक पर खड़ी दिखती है। ख़बर यह भी थी कि बिसनाथ ने भी उन्हें पटा लिया है। सिंह साहब वैसे भी मौज मस्ती, खाने–पीने के शौक़ीन आदमी थे।

मोहन दास टूटकर बिखर गया। न वह ठीक से खा पाता, न सो पाता। किसी काम में उसका मन न लगता। अजीब–अजीब से प्रश्न और सन्देह उसके दिमाग़ में पैदा होते और वह बेचैन हो जाता। उसे लगता कि जितने भी लोग नौकरियों में हैं या ऊँची ज़गहों पर बैठे हुए हैं, कारों में घूम रहे हैं, मौजमस्ती कर रहे हैं–वे क्या वास्तव में वहीं लोग हैं, जिस नाम और पहचान से वे जाने जाते हैं, या वे असल में कोई और हैं और उन्होंने जालसाज़ी करके किसी और का मुखौटा लगा रखा है। क्या लेनिन नगर में कोई असली आदमी, अपने नाम, बल्दियत, पते–ठिकाने का बचा भी है, या सब बिसनाथ की तरह की बहुरूपिया और डुप्लीकेट हैं? मोहन दास को स्वयं अपने ऊपर सन्देह होने लगता कि आख़िर वह ख़ुद कौन है? मोहन दास या बिसनाथ? और क्या उसने एम.जी. डिग्री कॉलेज से बी.ए. की परीक्षा में जो डिग्री हासिल की थी, वह बिसनाथ के लिए ही थी? क्या सभी के साथ ऐसा ही होता है?

वह घर के अन्तरे कोनों में सरकारी रोज़गार दफ़्तर से भेजे गये पुराने पोस्टकार्डों को खोजता फिरता। न मिलने पर कस्तूरी से, लड़ता–झगड़ता। उसने कुछ साल पुराने ऐसे कई पोस्टकार्ड खोज भी निकाले थे, जिनमें उसी का नाम और पता लिखा हुआ था। वह गाँव में अपने लोगों को उन्हें दिखाता तो वे या तो चुप रहे जाते या उसे किसी अफ़सर और नेता से मिलने की सलाह देते। मोहन दास जिस हाल में था, उसमें ऐसे हो पाना सम्भव नहीं रह गया था। पुरबनरा के सरपंच पण्डित छत्रधारी तक ने

एक लिखित प्रमाणपत्र दे दिया था कि बिसनाथ की पुरबनरा का मोहन दास है। उसका बेटा विजय तिवारी तो वैसे भी बिसनाथ से मिला हुआ था। कस्तूरी पर उसकी नज़र भी थी और बहेलिये की तरह वह इन्तज़ार में था कि एक–न–एक दिन टूटकर मोहन दास उसके पैर पर आ गिरेगा और उसकी भैंसवारी का काम सँभाल लेगा।

मोहन दास देखता कि सरकार द्वारा ग्राम पंचायत के लिए हैंडपम्प स्वीकृत होते तो वे बड़े लोगों के घर के सामने लग जाते। शिक्षाकर्मी की नियुक्ति होती, महिलाओं के लिए आँगनबाड़ी और शिक्षिका का पद निकलता, इन्दिरा आवास योजना में घर बनाने के लिए अनुदान मिलता, कुएं और खेत की मरम्मत के लिए ग्रामीण विकास विभाग से रुपये आते, नेहरू रोज़गार योजना में शिक्षित बेरोज़गारों के लिए कोई परियोजना आती तो वह सब उन्हीं लोगों के बीच बँट जाती। शारदा और देव दास बताते कि स्कूल में दोपहर में जो दलिया बँटती, उसमें भी भेद–भाव होता।

उस रोज़ मोहन दास ने वर्षों के बाद अपने बचपन के संगी बीरन बैगा के घर जाकर महुए का ठर्रा उतरवाया और सुअर का गोश्त बनवाया। साथ में उसका साढ़ू गोपाल दास भी था। वे चार पाँच जने थे और शाम सात बजे से उन्होंने पीना शुरू कर दिया था। ढोलक–मंजीरा का इन्तज़ाम कर लिया गया था। उसी दिन मोहन दास को 'विन्ध्याचल हैंडीक्राफ्ट' वाले सेठ ने बाँस के माल का भुगतान किया था। 1200 रुपये उसे मिले थे। गोपाल दास की जेब भी उस दिन भरी हुई थी। घर तो बीरन बैगा का था, लेकिन दारू–माँस का सारा ख़र्चा मोहन दास ही उठा रहा था। बीरन की घरवाली और उसकी बहन महुए का ठर्रा इतना बढ़िया उतारतीं कि दीवार पर ज़ोर से रगड़ दो, तो भक्क से आग लग जाती।

मोहन दास उस रात अपने दोस्तों के साथ रास–रंग में कुछ पल के लिए अपने सारे दुख भूल गया था। बिहारी ढोलक

बजा रहा था, परमोदी मंजीरा। मोहन दास मस्ती और नशे में गा रहा था :

'पता दहजा रे, पता लइजा रे...गाड़ी वाला...
तोर नाम के, तोर ल गाँव के
पता दहजा...
माया रे माया का डगर बताबै माया की आथे ख़बरिया
काया माया दोऊ नाच नचाबैं, माया की सगरी नगरिया
पता दइजा रे, पता लइजा रे गाड़ी वाला...'

बीरन की घरवाली ने जब खाना परोसा तो रात के दो बज चुके थे। भूख सभी को लगी थी। सरसों के तेल में मसाला–लहसुन–प्याज डालकर सुअर का माँस बीरन की बहन ने रांधा था। रस की महक पूरे आँगन में फैल रही थी। सब लोग हाथ में रोटियाँ लेकर खाने पर टूट पड़े। हंडिया भर भात भी बना था, लेकिन मोहन दास चुपचाप था। गाना गाते–गाते उसके भीतर कहीं कोई एक फांस जैसा अचानक गड़ गया था। उसकी टीस बार–बार उसकी छाती के भीतर जागती, जिसे दबाने और भूलने के लिए वह औरों से बहुत ज़्यादा पी गया था।

खाते–खाते अचानक कौर हाथ में रोककर मोहन दास ने बारी–बारी सबको देखा फिर उसके गले से हिचकियाँ निकलने लगीं। वह फूट–फूट कर रोने लगा। गोपाल दास, बीरन, बिहारी, परमोदी सभी इतने भूखे थे और इतने दिनों बाद उन्हें इतना अच्छा खाना मिला था कि उन्हें मोहन दास का इस समय रोना खल रहा था। सब अपने मुँह में कौर भर–भर कर चबाते भी जा रहे थे और पूछते भी जा रहे थे कि क्या हुआ? पहले खाना क्यों नहीं खा लेता?

मोहन दास ने आँख गड़ाकर बीरन बैगा से पूछा :

'तैं को आहस? तोर ल नाम का हबै?' (तू कौन है? तेरा नाम क्या है?)

'मोर नाम बीरन है। बीरन बइगा।' बीरन को हँसी आ गयी।

'अउर तोर ल बल्दियत? तोर बाप के नाम का हबै?' मोहन दास ने पूछा।

'मोर बाप के नाम डिंडवा बइगा।' (मेरे बाप का नाम है डिंडवा बैगा।) बीरन ने हँसते हुए जवाब दिया। 'तोर ल ठर्रा चढ़ गइस!' (तुझे महुए की शराब चढ़ गयी है।)

सब हँसने लगे। मोहन दास की आँखें लाल थीं। उसने हाथ का कौर टठिया (काँसे या जस्ते की थाली) में डाल दिया और ज़ोरों से बोला :

'ए बीरन, ए परमोदी...मैं को आहों। सही सही बता। मोर ल

चूतिया न बना। तोंहर ल मलइहा माई ल किरिया।' (ए बीरन, ए परमोदी...मैं कौन हूँ? सच सच बताओ। मुझे बेवकूफ़ मत बनाओ। तुम सब को मलइहा माई की क़सम!)

'तैं हबस मोहन दास! तोर बाप काबा अउर तो दाई पुतली!' (तू है मोहन दास! तेरा बाप काबा और तेरी माँ पुतली।) बीरन ने अपना ज़ूठा हाथ मोहन दास की छाती पर गड़ाते हुए ज़ोरों से जवाब दिया। सब हँसने लगे। मोहन दास थोड़ी देर तक चुपचाप बीरन को निहारता रहा फिर बारी–बारी से सबको घूरने लगा। वह अपना सन्देह मिटाना चाहता था कि वे सब असली लोग हैं या कोई और हैं? धीरे–धीरे उसे लगने लगा कि ये सब के सब उसी की तरह ठगे गये असली लोग हैं। इन सबको धोखा दिया गया है। फ़र्क़ बस इतना है कि वह इस रहस्य को जान गया है, और इनको अभी तक इसका पता नहीं चला है।

मोहन दास अपने बचपन के संगियों को बताना चाहता था कि तुम लोग सरकारी दफ़्तरों में, शहरों की ऊँची–ऊँची बिल्डिंगों और बड़े–बड़े बंगलों–कोठियों में, कोयला खदानों–कारख़ानों में और लेनिन नगर, गाँधीनगर, अम्बेडकरनगर, शास्त्री नगर जैसी कॉलोनियों में जाकर पता लगाओ कि कहीं वहाँ तुम्हारे नाम, बल्दियत और पते–ठिकाने का कोई दूसरा फ़र्ज़ी जालसाज तो नहीं बैठा हुआ है, जिसने तुम्हारा हक़ छीन लिया है, लेकिन नशे के बावजूद उसे लग रहा था कि ऐसा कहने पर ये सब उससे यही कहेंगे कि उस पर ठर्रा ज़्यादा चढ़ गया है।

बीरन, परमोदी, गोपाल दास, बिहारी सब खाने में लगे थे। बीरन की घरवाली सितिया और उसकी बहन रमोली भी आ गयी थी। वे दोनों भी महुआ पी रही थीं और चुहुल का जवाब चुहुल से दे रही थीं। सब हँस–बोल, खा–पी रहे थे। लेकिन मोहन दास सबसे अलग, दीवार के कोने में बोतल लेकर बैठ गया था और हिचकियों के बीच कबीर दास के पद गाते हुए रोता भी जाता था और पीता भी जाता था।

सुबह के चार बज गये थे जब उसके संगियों ने उसे लाद–टाँग कर घर तक पहुँचाया। कस्तूरी ने पहली बार अपने पति की यह हालत देखी थी। वह गोपाल दास और बीरन को बुरा–भला कहने लगी। लेकिन जब गोपाल दास ने उसकी हथेली में एक हज़ार से ऊपर रुपये रखे और दुखी स्वर में बोला : 'बहुत बरज्यों कि झै पी...झै पी...पै मोहना मनबै नहीं करिस! इया धर ले रुपिया, एखर ल खीसा से बोचक गये रहिस!' (मैंने बहुत रोका कि मोहना मत पी...मत पी लेकिन ये माना ही नहीं। ये रुपये रख ले, इसकी जेब के बाहर निकलकर गिर पड़े थे।) तो कस्तूरी चुप रह गयी।

सुबह सात बजे थे जब काबा दास को खाँसी का तेज़ दौरा पड़ा। किसी अँधड़ जैसी वह खाँसी थी। थमने का नाम ही नहीं ले रही थी। अन्धी पुतलीबाई बगडोर टूटी गाय की तरह चारों ओर गिरती–पड़ती पगलाई हुई दौड़ रही थी। उसका रोना पूरी बस्ती में गूँज रहा था। कस्तूरी भी जाग गयी थी और मोहन दास को हिला–हिलाकर जगाने की कोशिश कर रही थी। लेकिन वह महुए के नशे में घुत्त पड़ा हुआ था और उठने का नाम नहीं ले रहा था। कस्तूरी बाल्टी में पानी लेकर आयी और उसे मोहन दास के ऊपर उड़ेल दिया। मोहन दास की आँखें खुलीं। वे इतनी लाल थीं जैसे उनमें लहू तैर रहा हों उसका नशा उतरा नहीं था। कस्तूरी ने चिल्लाकर कहा :

'उठ...दउड़! डागदर ल लइके आ! डोकरा ल खोंखी आये हबै।'

गाँव से लोगबाग और औरतें–बच्चे आने लगे थे। देव दास और शारदा सहमे हुए अपने आजा काबा की खाट के पास खड़े थे। काबा का गला जैसे फट गया था और उसमें से ख़ून और माँस के थक्के हर बार खाँसी के बाहर निकल रहे थे। धरती पर चींटी–मटा की कतार लग गयी थी। गिद्धा मक्खियों का झुण्ड उसके चारों ओर भनभनाता हुआ मँडरा रहा था।

लोग मोहन दास को अलटा–पलटा रहे थे और उसे जगाने में लगे थे। बुड़ी–मुश्किल से मोहन दास हाथ टेककर थोड़ा–सा उठंगा हुआ और ख़ून जैसी लाल आँखों से चारों ओर भौंचक देखने लगा। वह किसी को नहीं पहचान रहा था। उसकी नज़र कहीं स्थिर ही नहीं हो रही थी। अचानक उसके होंठों पर मुस्कुराहट आयी। उसने अपनी आँखों पर पूरा ज़ोर लगाकर रमई काकू को पहचान लिया था। उसके गले से भर्राई हुई आवाज़ निकली : 'काकू मैं को आहों? मोर ल नाम का हबै काकू? मोर ल बला काकू बता...।' (काका, मैं कौन हूँ? मेरा नाम क्या है, काका? मुझे बता काका, मुझे बता!) और वह बेदम–सा उसी जगह लुढ़क गया।

गाँव से आयी औरतों के रोने और चीख़ने का शोर उठा। पुतलीबाई की चीख़ सबसे ऊँची थी। धीरे–धीरे सब औरतें जैसे किसी लय में रोने लगी।

काबा दास मर गा था। उसकी खाट के नीचे रखे बाँस और हंसिया पर मक्खियाँ भिनभिनाने लगी थीं। कल आधी रात तक वह टोपरी के लिए कमटियाँ और पक्सियाँ छीलने में लगा हुआ था। कल दोपहर ही बाज़ार के विन्ध्याचल हैंडीक्राफ्ट से तीस टोपरी और पच्चीस सूपा बनाने का ऑर्डर मिला था।

उसी सुबह क़रीब साढ़े सात बजे कस्तूरी की कोठरी में बिल्ली ने झपट्टा मारा और अलोपी मैना के जोड़े को खा गयी। मादा मैना के पेट में नये अण्डे आये थे। उनके नुचे हुए पंख और ख़ून के दाग कोठरी के मिट्टी के फ़र्श पर बचे रह गये थे। कस्तूरी ने एक दिन पहले ही गोबर से उसे लीपा था।

उस दिन मोहन दास को कुछ पता नहीं कि उसके बाप काबा दास की दाहक्रिया कैसे हुई, उसे ओसार में नशे में बेहोश छोड़कर गाँव–बिरादरी के लोग काबा के शव को कैसे शमशान तक ले गये, उसकी माँ पुतलीबाई किस तरह काबा की खाट पर सिर पटकती रही और बाँस, टोपरी, कमटियों, चटाई, लोटा और हंसिया से उसका ख़ून धोते–धोते रोती हुई गाती रही, नन्हें–से

देव दास ने कैसे अपने पिता मोहन दास की जगह ख़ुद अपने आजा की चिटखा (चिता) को आग दी और उसके बचपन के संगी बीरन बैगा ने उसका कपार–करम किया? मोहन दास को कुछ भी पता नहीं। गोसाईं ने कस्तूरी से पाँच सौ रुपये झटके, पाँच सौ जंगल का फॉरेस्ट गार्ड ले गया। वह पतेरा से काबा की चिता के लिए सूखी लकड़ी भी नहीं बटोरने दे रहा था। कस्तूरी के पास वे सारे रुपये ख़त्म हो गये थे, जो गोपाल दास ने उसे दिये थे।

मोहन दास के गले से खर्राटे लगातार निकल रहे थे। एकाध बार वह अपनी आँखें खोलता, चारों ओर इस तरह देखता, जैसे वह किसी नयी और अपरिचित जगह पर आ गया हो, और फिर सो जाता। वह नींद थी या फिर महुए के ठर्रे में यूरिया या बेसरम–लैंटिना के पत्ते मिलाकर शराब उतारी गयी थी, या सुअर के गोश्त में कोई छूत लगी थी। लेकिन ऐसा होता तो उस रात उसके साथ पीने–खाने वाले बीरन, परमोदी, बिहारी सितिया, रमोली के साथ भी ऐसा ही होता। वे तो सब ठीक थे और काबा की मौत पर लकड़ी जुगाड़ने से लेकर खांड़ा गाँव जाकर गोसाईं को बुलाने और सारा कर्म निपटाने में वही तो लगे हुए थे। मोहन दास का नशा साधारण नहीं था। 'ठर्रा दिमाग़ मां चढ़ गइस हबै! जीरा–अजमाइन दही मां घोर के गटई माझी डारा!' (महुए की शराब दिमाग़ तक चढ़ गयी है। दही में जीरा और अजवायन घोलकर गले के भीतर डालो!) बीरन बैगा ने सलाह दी।

कस्तूरी कटोरे में जीरा–अजवाइन का घोल लेकर मोहन दास के पास आयी और गोपाल दास उसका सिर अपनी गोद में रखकर जब उसका मुँह फैलाने लगा तो मोहन दास की आँखें खुलीं। उसने कस्तूरी और गोपाल दास को ऐसे देखा जैसे वह उन्हें पहचानता ही न हो। उसने बहुत कमज़ोर और खरखराती आवाज़ में कस्तूरी से पूछा–

'तैं को आहेस बाई?...अउ मैं को आह्यों गे? मोला गुठिया

तो...!' (तू कौन है बाई? और मैं कौन हूँ री? मुझे बता तो!) इसके बाद वह कस्तूरी को ताक–ताक कर मुस्कुराते हुए, सुरीली आवाज़ में गाने लगा :

'तैं बिलसपुरहिन हस,'
मैं हों रैगढ़िया,
तोर–मोर जोड़ी, सजे हे बहुत बढ़िया...'

कस्तूरी से सहा नहीं गया। वह फूट–फूट कर रोने लगी। शारदा भी अपने पिता का हाल देखकर रोने लगी। गोपाल दास ने अपने आपको संयत करते हुए कस्तूरी के हाथ से कटोरा ले लिया और मोहन दास से बोला : 'ले...इया काढ़ा पी ले।'

मोहन दास ने बहुत गहरी आँखों से गोपाल दास को कुछ देर देखा फिर किसी बच्चे की तरह कटोरे में मुँह लगाकर सारा काढ़ा गटागट पी गया। शारदा उसके दिमाग़ के किसी कोने में ख़ुद को ठीक करने की इच्छा अभी भी दम मार रही थी। कस्तूरी और गोपाल दास को राहत मिली। शायद दवा असर का जाये नहीं तो डॉक्टर को बुलाना पड़ेगा।

मोहन दास फिर सो गया था।

मोहन दास अपने घर के ओसरे में, उसी ठौर, पाँच दिन और चार रात लगातार सोता रहा। गाँव में यह बात फैल गयी थी कि उसका दिमाग़ सनक गया है और वह किसी को नहीं पहचानता। यहाँ तक कि अपनी पत्नी कस्तूरी और बच्चों तक को नहीं। कोई कहता कि महुए के ठर्रे में यूरिया की मिलावट की वजह से ऐसा हुआ, कोई कहता कि वह ओरियंटल कोल माइंस की कॉलोनी लेनिन नगर में लू लग जाने से गिर गया था, तभी से उसकी याददाश्त चली गयी। विजय तिवारी ने फैला रखा था कि उसके कबरा कुत्ते ने मोहन दास को धोखे से काट लिया है। अब देखते रहना, जैसे ही पानी बरसा, वह कुकुर जैसा भोंकेगा। जितने मुँह थे, उतनी बातें थीं। मुश्किल देव दास और शारदा के साथ थी। वे स्कूल जाते तो वहाँ मास्टर और बच्चे उनसे

पूछते–क्या तुम्हारा बाप पगला गया है? तुम्हारा बाप क्या तुम्हें भी नहीं पहचानता? क्या वह सोता ही रहता है? तो फिर उसका कुल्ला–मुखारी और हगना–मूतना कैसे होता है?

एक अफ़वाह यह भी फैली थी कि एक रात मोहन दास अचानक उठा और अपने बाप काबा दास की टंगिया लेकर घर के सभी लोगों को काटने–मारने के लिए दौड़ा। वह तो कस्तूरी उससे लिपट गयी और अन्धी पुतलीबाई ने उसे रस्सी से बाँध दिया, वरना जाने क्या हो जाता।

(ये सारी घटनाएँ उसी समय की हैं जब 'इंडिया शाइन' का रहा था और वित्त मन्त्री तथा विश्व बैंक का दावा था कि सन् 1920 से जारी 5.8 प्रतिशत की आर्थिक विकास की मौज़ूदा दर अगर इतने ही साल तक और बनी रही तो इंडिया अमेरिका बन जायेगा क्योंकि इससे आधी विकास की दर पर पचास साल के भीतर अमेरिका अमेरिका बन गया था।

...वही समय जब मुझे अस्थि–यक्ष्मा हुआ था और मेरी रीढ़ की हड्डी एल.आर. 4 और 5 गल चुकी थीं। मैं 9 महीने के लिए बिस्तर से लग गया था और कांध ार में बामियान के पहाड़ों में बुद्ध के मुस्कुराते हुए सिर को फिरकापरस्त मोटर लांचरों–मिसाइलों से तोड़ रहे थे...

...वही समय जब दिल्ली में ग़रीब मज़दूरों का चार साल का पसीना, 19 हज़ार टन फौलाद और 4 लाख 57 हज़ार घन मीटर धरती को खोदकर एशिया का सबसे बड़ा, दुनिया का सबसे महँगा और आधुनिक मेट्रो रेल बनाया जा रहा था... ।...जब साढ़े तीन हज़ार बाँधों के लिए पाँच करोड़ से ज़्यादा आदिवासी और दलितों के घर–खेत–बारी पानी में डुबा दिये गये थे...! जब देश के 20 करोड़ लोगों के

पास पीने का पानी तक नहीं था...और साठ करोड़ के पास हगने, नहाने और मूतने की जगह नहीं थी...

...जब सरकार में साझीदार वामपन्थी पार्टियाँ पेट्रोल की क़ीमत न बढ़ने देने के लिए दिल्ली में हल्ला मचा रही थीं, जब कि हिन्दुस्तान की कुल आबादी के 90 प्रतिशत यानी लगभग 92 करोड़ लोगों का पेट्रोल से कुछ भी लेना–देना नहीं था...

...जब राजस्थान के गंगानगर और टोंक के एक दर्जन ग़रीब किसानों को पुलिस ने इसलिए गोली चलाकर मार डाला था क्योंकि वे अपनी सूखती हुई फ़सलों की सिंचाई के लिए पानी माँगते हुए पत्थरबाज़ी पर उतर आये थे...

...वहीं समय जब अब्दुल करीम तेलगी ने कई हज़ार करोड़ रुपये के जाली टिकट बेचे थे और इस घोटाले में देश के कई बड़े अफ़सर और नेता शामिल थे!...वही समय जब हिन्दी का एक बूढ़ा आलोचक एक अफ़सर को मुक्तिबोध और दूसरा खुर्राट दूसरे अफ़सर को प्रेमचन्द और फणीश्वरनाथ रेणु घोषित कर रहा था...जब पोखरण में बम फूट चुका था और कारगिल के बाद सद्भावना बस चलाई जा रही थी...

...वही समय जब पुरबनरा की कठिना नदी का पानी एक काग़ज़ के कारख़ाने के लिए लकड़ी सड़ाने के लिए बाँध में बदला जा रहा था और वह सारा हिस्सा पानी में डूब गया था, जहाँ मोहन दास पलिया बनाकर तरबूज, ककड़ी, खरबूज, लौकी उगाता था...

...और जहाँ एक रात 'हुतुतू...तु तू...' करते हुए उसने कस्तूरी को छपाक् से कठिना की धार में गिराकर प्यार किया था, और नक्षत्रों की सलेटी आभा में किये गये उस उद्दाम सहवास की स्मृति के रूप में ठीक नौ महीने बाद शारदा का जन्म हुआ...)

लेकिन असल में मोहन दास न तो पागल हुआ था, न उसकी स्मृति में कोई खोट थी। उसकी चेतना पर जो घाव लगा था, वह लगभग एक हफ़्ते की अखण्ड नींद, मूर्च्छा या नशे के दौरान चुपचाप भर गया। जब वह जागा, तो वह फिर पहले जैसा मोहन दास था, जो अच्छी तरह से जानता था कि असली मोहन दास वल्द काबा दास, साकिन पुरबनरा, थाना और जिला अनूपपुर, मध्य प्रदेश वही है, जिसने आठ–दस साल पहले शासकीय एम.जी. कॉलेज से बी.ए. किया था और मेरिट में दूसरा स्थान हासिल किया था। असली मोहन दास वही था, जिसे नौकरियाँ इसलिए नहीं मिलती थीं क्योंकि उसके पास कोई सिफ़ारिश, सम्पर्क, तिकड़म और घूस के लिए रुपये नहीं थे। वह किसी गिरोह या माफिया का सदस्य नहीं था, क्योंकि वह उस जाति और वर्ग का नहीं था, जिन जातियों–वर्गों के पास ताक़त थी। उसे अच्छी तरह मालूम था कि उसके साथ और उसके जैसे असंख्य लोगों के साथ लगातार पिछले कई सालों से धोखाधड़ी और छल किया जाता रहा है, लेकिन वह कुछ कर पाने में असहाय था।

मोहन दास को यह भी अच्छी तरह से पता था कि बिछिया टोला का बिसनाथ वल्द नगेन्द्रनाथ, जो लेनिन नगर में मोहन दास विश्वकर्मा वल्द काबा दास बनकर, ओरियंटल कोल माइंस में कनिष्ठ आगार अधिकारी की नौकरी करते हुए दस हज़ार से ऊपर की तनख़्वाह ले रहा था, वह क़तई मोहन दास नहीं था। वह एक बदमाश, कट्टर जातिवादी, जालसाज़ था, जिसकी ताक़त इतनी बड़ी थी कि मोहन दास उसके सामने किसी लाचार–बीमार चूहे की तरह भी नहीं था।

मोहन दास जानता था कि उसका बाप यानी असली काबा दास, जो टीबी का रोगी था और जो खाँसी के साथ ख़ून की उल्टियाँ करते हुए बाँस की टोपरी, सूपा और चटाई बनाया करता था, वह मर चुका है, लेकिन इसे साबित कर पाना उसके वश

के बाहर था, क्योंकि बिसनाथ का बाप नगेन्द्रनाथ काबा दास के रूप में बछिया टोला और लेनिन नगर में अभी भी मौज़ूद था और उसके पास इसके दस्तावेज़ सबूत थे।

मोहन दास ने चुप रहना शुरू कर दिया। वह बहुत कम ही बोलता। कठिना में बाँध बन जाने से उसकी रोज़ी–रोटी का एक ज़रिया छिन गया था इसलिए उसने बाज़ार में इमरान के 'स्टार कम्प्यूटर सेंटर' पर टाइपिंग, प्रिंटआउट और जीरॉक्स का काम सीखना शुरू कर दिया। उसका बेटा देव दास, सड़क के किनारे 'दुर्गा ऑटो रिपेयरिंग वर्क्स' में पंचर लगाने और पाना–पेचकस की लमरा–पहुँची करने वाले हेल्पर का काम करने लगा था। महीने में सौ–दो सौ तक वह कमा लेता था और अपनी पढ़ाई का ख़र्चा ख़ुद ही उठाने लगा था। शारदा ने दो साल से बिछिया टोला में बिसनाथ के बच्चे को सँभालना और घरेलू कामकाज छोड़ दिया था क्योंकि रेनुका देवी लेनिन नगर जाकर अपने पति बिसनाथ के साथ रहने लगी थी। शारदा को पिछले एक साल से बाज़ार में 'ऐश्वर्या ब्यूटी पार्लर' में नौकरी मिल गयी थी। वहाँ की शिखा मैडम उसे बहुत प्यार करती थीं और उसकी पढ़ाई मदद भी करती थीं। वह कहती थीं–'शारदा मैं तुझे एक दिन ऐसा मॉडल बनाऊँगी कि तू मिस वर्ल्ड बन जायेगी और टीवी पर छा जायेगी।' आठ साल की शारदा सचमुच रात में ऐसे ही सपने देखने लगी थी।

कस्तूरी गाँव–मोहल्ले में खेत–मजूरी के अलावा फ़सल की तकवानी का काम कर लिया करती थी। हाँ, मोहन दास की मां पुतलीबाई के दोनों घुटने काबा दास की मौत के बाद पत्थर के हो गये थे और वह चल फिर नहीं पाती थी। दिशा–फरावत के लिए भी वह घिसट–घिसट कर पिछवाड़े की बारी तक जाती और फिर लौट कर परछी के कोने में बिछी छींदी की चटाई पर बैठ जाती। उसकी आँखों में अँधेरा गहरा हो गया था।

'स्टार कम्प्यूटर सेंटर' में ही हर्षवर्द्धन सोनी से मोहन दास

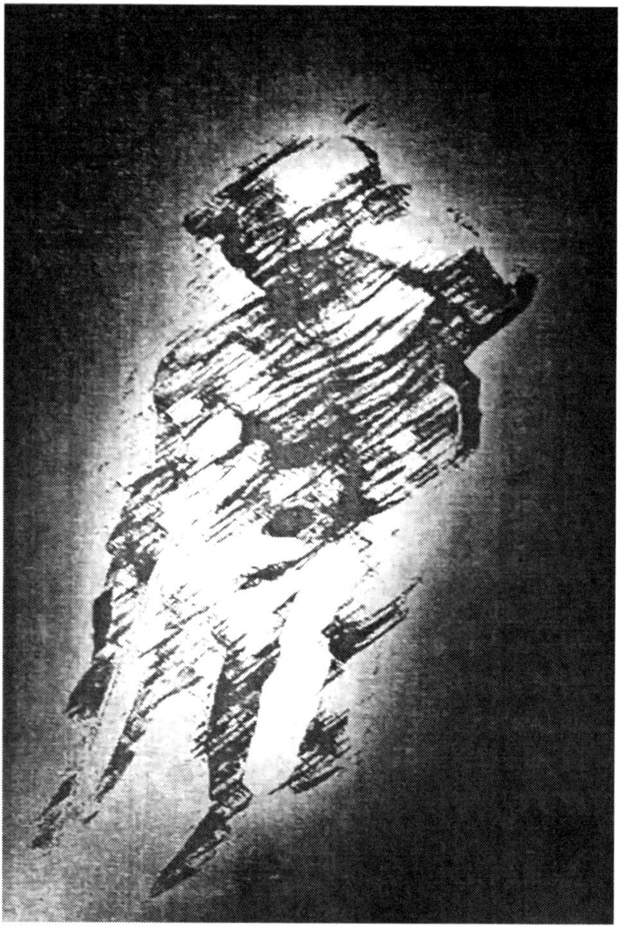

की भेंट हुई। हर्षवर्द्धन वहाँ कुछ अदालती काग़ज़ात की फोटोकॉपी और कुछ टाइपिंग का काम कराने गया था। तब तक मोहन दास की टाइपिंग स्पीड अच्छी–ख़ासी हो चुकी थी और वह बहुत कम ग़लतियाँ करता था। वहाँ मोहन दास ने ख़ुद ही हर्षवर्द्धन को अपना सारा क़िस्सा बताया।

बीसवीं सदी के उत्तरार्द्ध में जिस विचारधारा वाली पार्टी में

मैंने लगभग बीस साल तक काम किया था, हर्षवर्द्धन सोनी उसी पार्टी में था। उसका जीवन भी तमाम तरह के दु:खों–संघर्षों और उत्थान–पतन से भरपूर था। माध्यामिक स्कूल की एक अध्यापिका का बेटा हर्षवर्द्धन शुरू से ही संवेदनशील और स्वतन्त्र विचारों का था। उसके बड़े भाई श्रीवर्द्धन सोनी ने बी.ई. परीक्षा में टॉप किया था और इंजीनियरिंग की डिग्री के बावजूद, छह वर्षों तक खिंची बेरोज़गारी से हताश होकर, पाँच साल पहले, एक रात, अपने कमरे के सीलिंग फैन में रस्सी का फन्दा लगाकर आत्महत्या कर ली थी। बाज़ार में छोटी–सी दुकान चलाने वाले बूढ़े पिता और मिडिल स्कूल की मास्टरी करने वाली माँ के बेटे हर्षवर्द्धन सोनी की स्मृति में अपने भाई द्वारा आत्महत्या की घटना एक ऐसा गहरा नासूर थी कि पढ़ाई के दौरान ही वह छात्र आन्दोलनों आदि में हिस्सा लेने लगा था। उसने अन्तरजातीय विवाह किया था और दण्ड स्वरूप अपनी जाति से बाहर कर दिया गया था।

हर्षवर्द्धन सोनी ने एल.एल.बी. कर लिया था और अपनी पार्टी के साथ–साथ स्थानीय अदालत में वकालत का भी काम करते हुए अपनी आजीविका चलाता था। उसने उस दिन जब 'स्टार कम्प्यूटर सेंटर' में मोहन दास से उसका क़िस्सा सुना, जो दरअसल किस्सा नहीं, एक असली ज़िन्दगी का वास्तविक ब्यौरा था, तो उसने इस केस को लेकर अदालत की शरण में जाने का फ़ैसला लिया।

'तुम्हारे पास इस समय कितने रुपये हैं? मोहन दास की बेरंग, फटी–चिथड़ी, पैबन्द लगी, किसी ज़माने की नीली रही डेनिस पैंट को घूरते हुए हर्षवर्द्धन ने कहा, 'मैं तुम्हारा केस लड़ूँगा और तुम्हें न्याय दिलाऊँगा।'

मोहन दास की आँखों में चमक आयी। उसका दुबला–पतला शरीर एक दो बार थरथराया। एक पल तो उसे विश्वास ही नहीं हुआ कि कोई इस तरह उसका साथ दे सकता है फिर उसने कहा : 'मेरे पास इस समय अस्सी रुपये हैं। दो–चार दिन में

चालीस का प्रबन्ध और कर दूँगा। इमरान से सौ–दो सौ की पेशगी भी मिल जायेगी।'

हर्षवर्द्धन समझ गया कि मोहन दास अधिक–से–अधिक चार–पाँच सौ रुपयों का प्रबन्ध महीने भर में कर सकता है, जब कि अदालत में केस दाख़िल होने का कुल ख़र्च पाँच हज़ार रुपयों के आसपास था। एक के बाद दूसरी सरकारों की वह आर्थिक नीति, जो देश के महानगरों को अमेरिका बना रही थी, वही देश के गाँवों और पिछड़े इलाक़ों को कंगाल बनाकर वहाँ असंख्य इथियोरिया, रवांडा और घाना पैदा कर रही थी। दिल्ली–लखनऊ, मुम्बई–भोपाल, कोलकाता–पटना में जब हर राजनीतिक पार्टी और विचारधारा के प्रोफ़ेसर चालीस–पचास हज़ार महीने का वेतन ले रहे थे और मामूली से मामूली फ्रीलांसर तक दो पन्नों की रपट पर पाँच सौ से हज़ार रुपये पा रहे थे, तब गाँवों और छोटे क़स्बों में, मेहनत–मशक़्क़त का काम करने वाले मोहन दास जैसे लोगों को चार सौ रुपये की नकदी जुगाड़ने में महीना लग जाता था।

हर्षवर्द्धन समझ गया कि मोहन दास को अदालत से न्याय दिलाने के लिए उसे रुपये ख़ुद ही इकट्ठा करने पड़ेंगे। उसने एक हज़ार अपने पास से लगाया, दो हज़ार कुछ दोस्तों से माँगा और बाक़ी रुपये लायंस क्लब के चैरिटी फंड से डोनेशन में लिए। यानी संक्षेप में जुगाड़ हो गया।

तो होते हुआते, इस तरह, आख़िरकार मोहन दास का मामला गजानन माधव 'मुक्तिबोध', न्यायिक दंडाधिकारी (प्रथम श्रेणी), जो सिगरेट नहीं बीड़ी पीते थे और बहुत दुबले थे, जिनके गाल की हड्डियाँ नुकीली थीं और उभरी हुई थीं और माथे पर असंख्य आड़ी–तिरछी रेखाएँ थीं, की अदालत में दाख़िल हो गया।

मोहन दास बल्द काबा दास जाति विश्वकर्मा साकिन पुरबनरा, थाना और ज़िला अनूपनगर, मध्य प्रदेश बनाम विश्वनाथ वल्द नगेन्द्रनाथ, जाति ब्राह्मण साकिन बिछियाटोला, हाल–वाशिन्दा ए/11, लेनिन नगर, ओरियंटल कोल माइंस, ज़िला दुर्ग, छत्तीसगढ़।

मामले के दाख़िल होते ही अदालत ने ओरियंटल कोल माइंस के महा–प्रबन्धक एस.के. सिंह और वेलफेयर ऑफ़िसर ए.के. श्रीवास्तव समेत कई और प्रबंधक श्रेणी के अधिकारियों को तलब किया और उनसे अदालत के सामने यह साक्ष्य प्रस्तुत करने के लिए कहा कि वे प्रमाणित करें कि उनकी कंपनी ओरियंटल कोल माइंस में जूनियर डिपो ऑफ़िसर के पद पर, पिछले कई सालों से काम करने वाला मोहन दास विश्वकर्मा असल में बिछियाटोला का विश्वनाथ वल्द नगेन्द्रनाथ क्यों और कैसे नहीं है।

न्यायिक दण्डाधिकारी गजानन माधव 'मुक्तिबोध' ने अनूपपुर और दुर्ग के जिलाधीशों को आदेश दिया कि वे इस मामले की शासकीय जाँच करें और दो सप्ताह के भीतर–भीतर अदालत के समक्ष अपनी जाँच रिपोर्ट पेश करें।

बीड़ी पीने वाले न्यायिक दण्डाधिकारी जी.एम. मुक्तिबोध के इस आदेश और अदालत के सम्मनों ने ओरियंटल कोल माइंस में हड़कम्प पैदा कर दिया। स्थानीय अख़बारों में इसकी ख़बरें छपीं–

"असली 'मोहन दास' कौन?"

'एन.डी.टी.वी.' और 'आजतक' चैनलों के स्थानीय संवाददाताओं, क्रमशः अनिल यादव और खालिद रशीद ने इस मामले की बाइट दिल्ली और भोपाल भेजी, लेकिन समाचार चूँकि 'राष्ट्रीय स्तर' और 'अखिल भारतीय परिव्यगप्ति' का नहीं पाया गया, वजह यह कि इसमें दिल्ली–भोपाल–लखनऊ के किसी बड़े नेता या अफ़सर का नाम शामिल नहीं था, इसलिए इसे प्रान्तीय अथवा राष्ट्रीय 'ख़बर' या 'सूचना' के रूप में प्रसारित नहीं किया गया।

(...यह उसी समय का ब्यौरा है जब विधु विनोद चोपड़ा की फ़िल्म 'मुन्ना भाई एम.बी.बी.एस.' बॉक्स ऑफ़िस में सुपरहिट हो गयी थी। जॉर्ज बुश और टोनी ब्लेयर, दोनों अपने–अपने देशों में दुबारा चुनाव जीत कर

सत्ता में आ गये थे, अमेरिका की क़ैद में भिखमंगे फक़ीर जैसी दाढ़ी और दर्दनाक झुर्रियों से भरे चेहरे वाले सद्दाम हुसैन अरबी में कविता लिखने लगे थे और मण्डल आयोग की सिफ़ारिश लागू करने वाले भारत के पूर्व प्रधानमन्त्री विश्वनाथ प्रताप सिंह को कैंसर हो चुका था, किडनी ख़राब थी, वे जेपी की तरह डायलिसिस पर थे और दिल्ली के एक कोने में कैनवास पर चुपचाप चित्र बना रहे थे...

...वही समय था जब पटना का कलेक्टर बाढ़ राहत का करोड़ों रुपये मारकर चम्पत हो गया था और नयी सरकार ने फ़िल्म सेंसर बोर्ड से पुराने अध्यक्ष को हटाकर जिसे नया अध्यक्ष बनाया था, वह बॉलीवुड की फ़िल्मों के बाहर दिखायी दे रहे उस दृश्य पर सेंसर की कैंची नहीं चला पा रही थी, जिसमें एक ख़ानदानी नवाब की जिप्सी से, शिकार में मारे गये कालिया मृग, दो ख़रगोशों की लाश, सर्च लाइट और बन्दूक़ों की बरामदी का शॉट था।

...यह वह समय था, जब लगातार पन्द्रह साल से हिन्दी भाषा से सम्बन्धित पदों की चयन समिति का हर सदस्य, रिक्त पदों पर अपने दामाद, बेटा, बेटी, समधी, चापलूस, कारिन्दो को खुलेआम नियुक्त कर दिया जाता था और उस पर न कोई सी.बी.आई. इंक्वायरी होती थी, न राज्यसभा या लोकसभा में कोई सवाल उठता था।...

...जब हर सत्ताधारी पार्टी का मानव संसाधन मन्त्रालय पब्लिक सेक्टर का ऐसा भ्रष्ट कारख़ाना बन चुका था, जो विद्वान्, शिक्षाविद्, समाजशास्त्री, साहित्यकार, बुद्धिजीवी, इतिहासकार, कलाकार, अध्यापक का उत्पादन कर रहा था...और बच्चों के

दिमाग़ों पर क़ब्ज़े के लिए शिक्षा–संस्थानों में इतिहास और पाठ्यपुस्तकों को दुबारा–तिबारा लिखने की राजनीतिक जंग जारी थी...

...जब भारत भ्रष्ट देशों की सूची में–संसार में 17 से लेकर 83वें, परमाणु बम बनाने वाले देशों में 6वें, जनसंख्या में दूसरे और भयावह ग़रीबी में बस बंग्लादेश के ठीक ऊपर था।)

हर्षवर्द्धन सोनी और मोहन दास, दोनों को पूरी उम्मीद थी कि न्यायिक दण्डाधिकारी जी.एम. मुक्तिबोध की अदालत में दूध का दूध और पानी हो जायेगा। इस विश्वास के पीछे दो मुख्य कारण थे। पहला तो यही कि दण्डाधिकारी बीड़ी और ठेले की कड़क चाय पीते थे और उन्हें किसी तरह की रिश्वत या लालच के द्वारा भ्रष्ट नहीं किया जा सकता था...

...और दूसरा यह कि सच्चाई मोहन दास के पक्ष में थी क्योंकि असली मोहन दास बी.ए. वही था।

'झूठ ल मूंड़–गोड़ कुच्छ नहीं होय! बिहन्ने के उंजियार हस सब फरिकाय जई! जै हो मलइहा माई! किरपा रहे सतगुरु कबीर!' (झूठ के सिर–पैर कुछ भी नहीं होते! सुबह के उजाले की तरह सब साफ़ दिख जायेगा! जै हो मलइहा माई! कृपा बनी रहे सतगुरु कबीर!) कस्तूरी के मुरझाये हुए जीवन में आशा की एक ख़ूब नयी हरी कोमल दूब उग रही थी। पुतलीबाई की आँखों में अँधेरा तो काबा के जाने के बाद से ही बढ़ गया था लेकिन परछी के कोने पर चटाई पर किसी बूढ़ी, पंखझरी चील की तरह बैठी हुई, वह अपने कान लगातार भीतरी कोठरिया की ओर लगाये रखती।

और एक दिन सुबह–सुबह, जब मोहन दास अदालत की पेशी में जाने के लिए बासी भात और आलू की तरकारी खा रहा था, तब अचानक पुतली की पुलक भरी आवाज़ आँगन में गूँज उठी। उसके गले से जैसे कोई प्रसन्न चिड़िया बोल रही थी।

'ए...ए...पुतऊ! ए देउ दास...! झाँक त कोठरिया माझी! लगथे अलोपी मइना नबा खोंथा डारे हबै का...! दउड़ा...दउड़ा...गे!' (ए बहू...! ऐ देव दास...! कोठरी के भीतर झाँककर तो देखो! लगता है अलोपी मैना ने नया घोंसला बनाया है क्या? दौड़ो...दौड़ो!)

मोहन दास जल्दी–जल्दी खाने में लगा था, जिससे वह समय से पहले अदालत पहुँच जाये क्योंकि लोग बताते थे कि बीड़ी का सुट्टा मारने वाला जज टाइम का बहुत पाबन्द है। अगर पाँच मिनट भी देर हुई तो पिछली पेशी में अगली तारीख़ डालकर अगली पेशी शुरू कर देता है।

जब मोहन दास दिनभर के लिए, भर पेट भात–तरकारी का कलेवा खाकर घर से बाहर निकल रहा था, तो पीछे उसकी अन्धी–बूढ़ी चिड़िया जैसी माँ पुतली ज़ोर–ज़ोर से पुलकती हुई गा रही थी :

'...चोला तर जई रामा...तन तर जई रामा,
सतगुरु साख्ी ला...चोला तर जई...
...चोला तर जई'

अदालत में ओरियंटल कोल माइंस के महाप्रबन्ध एस.के. सिंह हाज़िर नहीं हुए थे। उनकी अर्ज़ी वकील ने पेश कर दी। कॉलरी के वेलफेयर ऑफ़िसर ए.के. श्रीवास्तव ने अपनी इंक्वायरी की पूरी फ़ाइल और साथ में लगे सभी दस्तावेज़ न्यायिक दण्डाधिकारी, प्रथम श्रेणी के अवलोकनार्थ उनके टेबिल पर रख दी। हर्षवर्द्धन सोनी के चेहरे पर हवाइयाँ उड़ रही थीं क्योंकि बिछिया टोला से जिन तीन गवाहों को अदालत में आकर यह साक्ष्य देना था कि मोहन दास नामक आदमी, जो ओरियंटल कोल माइंस में पिछले कई साल से कनिष्ठ आगार अधिकारी की नौकरी कर रहा है, उसे वे बचपन से अच्छी तरह जानते हैं, वह मोहन दास नहीं, बिसनाथ है–उन तीन में से दो गवाह अदालत में हाज़िर ही नहीं हुए और तीसरे गवाह, दिनेश कुमार साहू ने पलटी मारते हुए, भरी अदालत में तस्दीक कर दिया कि बिसनाथ ही मोहन दास

है। उसने उँगली से हर्षवर्द्धन सोनी और मोहन दास की ओर इशारा करते हुए यह भी कहा कि ये दोनों लोग महीना भर पहले उसके घर आये थे और उससे कहा था कि अगर तुम हमारा सिखाया बयान कोर्ट में दोगे तो हम तुम्हें पाँच हज़ार रुपये देंगे।

न्यायिक दण्डाधिकारी गजानन माधव मुक्तिबोध ने अगली सुनवाई के लिए एक महीने बाद की तारीख़ डाल दी। हर्षवर्द्धन और मोहन दास दोनों स्तब्ध थे।

अब सारी आशा ज़िलाधीशों की जाँच रिपोर्ट पर टिकी हुई थी। मोहन दास को न्याय अगर मिल सकता था, तो तभी, जब सत्य सामने आये।

अगली पेशी में दुर्ग और अनूपनगर, दोनों ज़िलों के कलेक्टरों की जाँच रिपोर्ट जब अदालत में प्रस्तुत हुई तो हर्षवर्द्धन और मोहन दास अवाक् रह गये। उन जाँच रिपोर्टों में पाया गया था कि मोहन दास वल्द काबा दास, जूनियर डिपो ऑफ़िसर, ओरियंटल कोल माइंस के नाम और शिनाख़्तगी के बारे में उठाये गये सारे आरोप निराधार हैं। दस्तावेज़ों, आवश्यक साक्ष्यों, परिस्थितिगत प्रमाणों, कई ग्रामीणों और पंचायत सदस्यों से पूछताछ के बाद निर्विवाद रूप से यह सिद्ध होता है कि मोहन दास मोहन दास ही है, बिसनाथ नहीं।

बाद में पता चला कि बिसनाथ ने इस बार दुर्ग और अनूपपुर दोनों ज़िलों के सम्बन्धित पटवारियों को दस–दस हज़ार रुपये की घूस और दारू–मुर्गा दिया था। विजय तिवारी ख़ुद पुलिस की गाड़ी में बिसनाथ को बिठाकर पटवारियों को घूस पहुँचाने गया था। दरअसल, जैसी प्रशासनिक परिपाटी थी, उसमें कलेक्टर उर्फ़ ज़िलाधीश उर्फ़ डिट्रिक्ट मैजिस्ट्रेट की इंक्वायरी का असली मतलब ही होता था–सम्बन्धित तहसील या परगना के पटवारी द्वारा जाँच। अगर कोई अदालत कलेक्टर को किसी जाँच का आदेश देती थी, तो कलेक्टर नोट लगाकर उस आदेश को अपने मातहत, सम्बन्धित इलाक़े के एस.डी.एम. को भेज देता था।

एस.डी.एम. उसे तहसीलदार और तहसीलदार उसे नायब तहसीलदार के सुपुर्द कर देता था। इस तरह, रेवेन्यू इंस्पेक्टर उर्फ़ आर.आई. उर्फ़ क़ानूनगो से होते हुए आख़िर में वह आदेश पटवारी के पास पहुँच जाता था। यानी अन्ततः पटवारी ही कलेक्टर की आँख–नाक–कान बन जाता था।

उस रात जब गाँव बिछिया टोला और पुरबनरा के पटवारी कमल किशोर को बिसनाथ और विजय तिवारी ने दस हज़ार रुपये की गड्डी थमायी और मैकडॉवल नम्बर वन व्हिस्की के साथ बटर चिकन और मटन सींक कबाब खिलाया तो कमल किशोर पटवारी ज़मीन पर, दोनों के पैर के नीचे, लोटने लगा।

'अरे आप लोगों का हुकुम हम कभी टालेंगे भला?...इतने एमाउंट में तो हम ससुर...मूस को हाथी, खेत को सड़क अउर छक्का को छह बच्चों की अम्माँ बना दें।' कमल किशोर पटवारी मगन होकर, नोट को अपने बैग में डालते हुए फुदक रहा था। उसने मैकडॉवल नम्बर वन का पटियाला पेग एक गटाके में गले के नीचे उतारा और वहीं, उनकी मौज़ूदगी, बिना कहीं गये, मामले की सारी तफ़तीश कर डाली और पन्द्रह मिनट में मोहन दास बनाम बिसनाथ मामले में ज़िलाधीश द्वारा सम्पन्न की गयी इंक्वायरी की पुख़्ता रिपोर्ट सफ़ेद कागज़ के एक पन्ने पर तैयार हो गयी।

अर्थात् अंग्रेज़ों द्वारा गुलाम भारत पर शासन के लिए तैयार किये गये नौकरशाही के इस जंग खाये लौह ढाँचे ने, आज़ादी के साठ साल बाद, आधिकारिक सरकारी दस्तावेज़ पर, बिसनाथ वल्द नगेन्द्रनाथ को मोहन दास वल्द काबा दास बना दिया।

मोहन दास फिर टूटने लगा। वह लगातार कबीर का जाप करता। मलइहा माई की मढ़िया की ड्योढ़ी पर वह घण्टों बैठा रहता। मलइहा माई सिर्फ़ मलाई का ही भोग लगाती थीं। वह भी सिर्फ़ बकरी के दूध की मलाई का। ऊँची जात के लोग उनकी मढ़िया में नहीं आते थे। ठाकुर, बनिया, बांभन, लाला के

देवी–देवता दूसरे थे। मलइहा माई की पूजा का काम ब्राह्मण नहीं गोसाईं करता था। कहते हैं दलितों–आदिवासियों के साथ भात–रोटी, बेटा–बेटी का सम्बन्ध बना डालने के कारण, जात–पाँत से निकाले गये ब्राह्मण ही गोसाईं कहलाते थे।

मोहन दास ने खांड़ा गाँव जाकर सिउनारायन गोसाईं को बुलाया, उसे बीस रुपये और दाल–चावल, नमक, हल्दी, गुड़ का सीधा दिया। उससे उसने मलइहा माई की पूजा करायी और शुद्ध बकरी के दूध से निकाली गयी पाव भर मलाई का भोग चढ़ाया।

इस बीच एक घटना और घटी। एक दिन सुबह–सुबह, जब कस्तूरी गाँव की दो–तीन औरतों के साथ दिशा–फराकत को गयी थी, उसे झाड़ियों के पीछे कुछ हलचल का आभास हुआ। जैसे कोई वहा छिपा बैठा हो। कस्तूरी इन दिनों अपनी हिफ़ाज़त में हमेशा कछनी में हंसिया खोंसकर रखती थी। उसे इस बात का अच्छी तरह से अहसास था कि दो बच्चों की माँ बन जाने के बाद भी वह अभी तक गाँव में सबसे सुन्दर कद–काठी और चेहरे–मोहरे की औरत है। और अरसे से गाँव के ठकुरान–बंभनान शोहदों की नज़रें गिद्ध की तरह उस पर गड़ी हुई हैं।

कस्तूरी उठकर खड़ी हो गयी। उसने कमर में खुँसी हुई हंसिया निकालकर हाथ में थाम लिया और सधे क़दमों से झाड़ी की ओर बढ़ी। उसके पीछे रमोली, सितिया, चन्दना और सवित्री थीं।

'को आहे...सिरकिन माझी घुसे हबस दहिजार! निकर तोर गरमी जुड़ाओ बुरचोद्दा! भोंसड़ी वाला!' कस्तूरी चीख़ी। बाक़ी औरतों ने भी झाड़ी का घेरा डालना शुरू किया। सबके हाथ में एक–एक टट्टी वाला लोटा था।

झाड़ी से फचाक् से निकलकर छत्रधारी का लड़का विजय तिवारी भागा। बनियान और चड्डी में उसका चर्बी चढ़ा थुलथुल शरीर भागता हुआ गोलमटोल कलिंदरा (तरबूज) जैसा दिखायी दे रहा था।

कस्तूरी कुछ दूर तक हंसिया तानकर उसकी ओर दौड़ी।

रमोली, सितिया और सावित्री ने गरियाते हुए टट्टी के लोटे खींच–खींच कर मारे। दरोगा विजय तिवारी गिरता–पड़ता बगटुट भाग रहा था। औरतें पीछे से चिल्ला रहीं थीं :

'अरे टीवी वालेन का गोहरावा! सीन खींचै!' (अरे, टीवी वालों को बुलाओ। सीन खींचें।)

'दउड़ा गे...दउड़ा! दरोगा कछनी माझी हगथे...' (दौड़ो री...दौड़ो! दरोगा चड्डी में हग रहा है...)

उस दिन विजय तिवारी सचमुच डर गया था कि कहीं मोहन दास अपने वकील हर्षवर्द्धन सोनी के साथ मिलकर टीवी और अख़बार में कुछ अंटशंट न दिखा–छपा दे।

(यह सब कुछ उन्हीं दिनों की घटनाएँ हैं जब समूचे एशिया के राजनीतिक इतिहास में पहली बार एक भारतीय स्त्री कम्युनिस्ट पार्टी के पोलित ब्यूरो की सदस्य बनी थी, एक दूसरी स्त्री ने प्रधानमन्त्री की कुर्सी ठुकरा दी थी...

...और तीन लगातार हँसने वाली स्त्रियाँ संसार के उस सबसे प्रतिष्ठित फ़िल्म समारोह की जूरी की सदस्य तक बन गयी थीं, जिसमें रित्विक घटक की सुवर्ण रेखा या कोमल गान्धार या शैलेन्द्र की तीसरी क़सम की स्क्रीनिंग तक नहीं हो सकी थी...

...और वही समय जब बगदाद के अबु ग़रीब जेल में एक अमेरिका महिला अधिकारी ने इराकी पुरुष क़ैदियों को नंगा करके उन्हें एक–दूसरे के ऊपर लादकर एक पिरामिड जैसा बना दिया था और अमेरिका झण्डा लेकर उनके ऊपर चढ़ गयी थी...

...वह समय जब पावर ही दरअसल जेंडर को परिभाषित कर रहा था!

...वही समय जब दिल्ली के धौला कुएँ के पास से, उत्तर पूर्व की एक लड़की को कार के भीतर खींचकर,

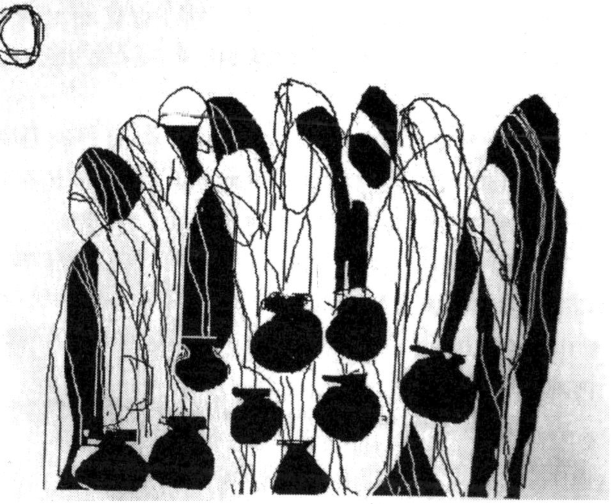

राजधानी की हर वीआईपी सड़क पर, ढाई घण्टे तक लगातार, दिल्ली के पाँच पुरुषों द्वारा बलात्कार किया जाता रहा...और इम्फाल में मनोरमा के बलात्कार और हत्या के विरोध में कृष्ण की उपासना करने वाली सैंकड़ों मेतेई स्त्रियाँ गुस्से और हताशा में नंगी हो गयी थीं...

...वही समय जब दो स्त्रियाँ सरदार सरोवर में 40,000 दलितों और आदिवासियों के घर–ज़मीन–जायदाद को पानी में डुबा देने वाली योजना के ख़िलाफ़ लड़ाई हार गयी थीं और जल प्लावन में वन्य प्राणियों, वनस्पतियों–वृक्षों समेत बहुत कुछ डूब गया था...

...टीवी में उन कमज़ोर औरतों को रोता हुआ, पराजित चेहरा लगातार दिखायी दे रहा था...

...वही समय जब मैं दिल्ली छोड़कर वैशाली आ गया था और मेरी छत से ग़ाज़ियाबाद का वह झण्डापुर साफ़ दिखायी देता था, जहाँ ठीक पन्द्रह साल पहले

उस क्रान्तिकारी कलाकार और रंगकर्मी की हत्या हुई थी, जिसका नाम सफ़दर हाशमी था...)

गजानन माधव मुक्तिबोध, न्यायिक दण्डाधिकारी (प्रथम श्रेणी) की अदालत में सारी गवाहियों, सबूत, जाँच रिपोर्ट यहाँ तक कि दो–दो ज़िलाधीशों की इंक्वायरी ने यह सिद्ध कर दिया था कि बिसनाथ ही मोहन दास है। जो फिर, जो ग़रीब–सा बदहाल आदमी मोहन दास होने का दावा कर रहा है, वह कौन है? इसका अदालत में चल रहे इस मामले से कोई सीधा क़ानूनी सम्बन्ध नहीं था। वह एक अलग केस हो सकता था, अगर उसकी दरख़्वास्त अदालत में कोई वकील वादी की ओर से दाख़िल करे।

हर्षवर्द्धन सोनी तीन दिन, तीन रात तक सो नहीं पाया। वह अच्छी तरह से जानता था कि मोहन दास ही मोहन दास है, लेकिन इसे प्रमाणित कर पाना लगातार कठिन ही नहीं बल्कि असम्भव होता जा रहा था। उसने मुझे ई–मेल भेजा :

(ये तो हद है! न मुझसे कुछ खाया–पिया जा रहा है, न रात में नींद आती है। उधर मोहन दास की भी यही हालत है। हर कोई जानता है कि असली मोहन दास यही है, लेकिन इसे साबित कर पाना मुमकिन नहीं रह गया है। क्या करूँ? कुछ सूझता ही नहीं। मोहन दास और मुझे, दोनों को धमकियाँ दी जा रही हैं कि चुप होकर बैठ जाओ।...इस बीच पता चला कि बिसनाथ ने रास बिहारी राय को अपना वकील बना लिया है। उन्हें तो आप जानते ही हैं। सत्ताधारी पार्टी के बड़े नेता हैं। बहू नगर निगम की अध्यक्ष हैं और कई सरकारी–ग़ैर–सरकारी संगठनों की प्रमुख हैं। मोहन दास के पक्ष में अब तक चार–पाँच लोग गवाही देने को तैयार हुए हैं–बीरन बैगा, गोपाल दास, बिहारी दास, रमोली, सितिया...लेकिन उनका हुलिया ही ऐसा

हे कि लगता है कि ऐसे गवाह तो पचीस–पचास में कहीं भी मिल जाते हैं। भिखमंगे लगते हैं सब के सब।

...सोचता हूँ मैं न्यायिक दण्डाधिकारी से सीधे मिल कर देखूँ। वे बीड़ी पीते हैं और कुछ अजीब से लगते हैं। जी.एम. मुक्तिबोध उनका नाम है। मराठी हैं, लेकिन उनकी हिन्दी ग़ज़ब की है। कोर्ट के बाद सड़क के किनारे रामदीन के ठेले पर कड़क चाय पीते हैं।

...मैंने नोट किया है कि जब वे अदालत में मोहन दास की ओर देखते हैं, तो उनकी आँखों में एक अजीब–सी बेचैनी पैदा होती है। उनके माथे की एक नस उभरी हुई है और जब वे कुछ सोचने लगते हैं तो वह फूल जाती है।...मुझे डर लगता है कि कहीं किसी दिन वह नस फट तो नहीं जायेगी...? उनकी आँखों में कुछ ऐसा है जैसे वे किसी जासूस या ख़ुफ़िया की आँखें हों, जो धीरे से, चुपचाप, किसी की भी आत्मा के भीतर धँसकर, उनका सब कुछ खँगाल सकती हैं।...सुना है उनके घर में किताबें बहुत सारी हैं और वे तीन बजे रात तक पढ़ते रहते हैं।

एक विचित्र–सी बात मुझे यह भी पता चली है कि जी.एम. मुक्तिबोध हैं तो प्रथम श्रेणी दण्डाधिकारी, लेकिन सरकार ने उनके पीछे सी.आई.डी. लगा रखी है...)

कोई दूसरा रास्ता न देखकर हर्षवर्द्धन ने एक तरह का जुआ खेला। किसी भी विचाराधीन मामले के सम्बन्ध में जज से मिलना, वह भी ऐसा जज, जो कुछ रहस्यपूर्ण दिखता हो, एक जोख़िम भरा फ़ैसला था। अगर जी.एम. मुक्तिबोध नाराज़ हो गये तो उसका करियर बरबाद हो सकता था। हर्षवर्द्धन सोनी का अतीत वैसे भी तमाम कठिनाइयों, संघर्षों और दुखों से भरा हुआ

था। बेरोज़गारी में भाई की हताश आत्महत्या उसकी स्मृति से एक पल को भी ओझल नहीं होती थी। वकालत तो बस नाम मात्र की ही थी। उसके पास ज़्यादातर वही लोग आते, जिनकी जेब में महँगा वकील करने लायक रुपये नहीं होते थे। मोहन दास के मुक़दमे में भी उसे कुछ मिल नहीं रहा था, ऊपर से उसे पाँच हज़ार रुपये ख़ुद जुटाने पड़े थे। फिर भी उसने न्यायिक दण्डाधिकारी से मिलने का जोख़िम मोल लिया।

हर्षवर्द्धन को आश्चर्य हुआ जब अपने फ्लैट में उसे देखकर गजानन माधव मुक्तिबोध के चेहरे पर ऐसे भाव आये जैसे वे पहले से ही उसके आने के बारे जानते रहे हों। जैसे उन्हें पहले से ही पता हो कि हर्षवर्द्धन उनके पास आयेगा ही आयेगा। उन्होंने उसके लिए लकड़ी की एक पुरानी–सी कुर्सी डाल दी और 'बैठो! मैं चाय बनाता हूँ!' कहकर भीतर की ओर चले गये।

हर्षवर्द्धन ने कमरे में नज़र दौड़ायी। वहाँ हर चीज़ बेतरतीब थी। कई किताबें यहाँ–वहाँ बिखरी पड़ी थीं और उनमें से कई पन्ने खुले हुए थे, जिनकें बीच में पेंसिल, कार्ड या पेड़ों के पत्ते फँसाये गये थे। शायद किताबों के वे पृष्ठ उन्हें बहुत पसन्द होंगे और वे बार–बार उन्हें पढ़ते होंगे। कमरे की हालत देखकर लगता था कि वे यहाँ अकेले ही रहते हैं। हर्षवर्द्धन को पता चला था कि उनका तबादला अक्सर उन्हीं आदिवासी या पिछड़े इलाक़े में कर दिया जाता है, जहाँ ऐसे मुक़दमे नहीं आते, जिनमें किसी बड़े आदमी या व्यापारी आदि को कोई नुक़सान पहुँचे। हर्षवर्द्धन की निगाह ऊपर उठी। दीवार पर गाँधीजी और मार्क्स के चित्र टँगे थे। एक कोने में गणेशजी की प्रतिमा रखी थी। दायीं ओर की दीवाल पर बुक शेल्फ़ था, जिसमें क़ानून की तमाम किताबें ऐसे रखीं थीं, जैसे उन्हें वर्षों से खोला ही न गया हो।

जी.एम. मुक्तिबोध चाय लेकर आ गये थे। साथ में एक तश्तरी में थोड़े से बेसन के सेब थे। चाय तिपाई पर रखकर

मुक्तिबोध तख़्त पर बैठ गये। चाय बहुत कड़क और सड़क छाप थी। ख़ूब औंटाई और उबली हुई।

बहुत देर तक कमरे में सन्नाटा रहा। हर्षवर्द्धन की हिम्मत नहीं हो रही थी कि वह उनसे बात शुरू करे। सामने की दीवार पर एक बहुत पुरानी घड़ी थी, जो शायद चाभी भरने से चलती होगी, लेकिन लगता था, जैसे वर्षों से किसी ने उसमें चाभी न भरी हो। वह बन्द थी। बगल में एक कैलेंडर टँगा था, जिसमें सिर पर पगड़ी बाँधे हुए बाल गंगाधर तिलक की तस्वीर छपी थी। हर्षवर्द्धन ने देखा कि वह कैलेंडर सन् 1964 का था।

'मैं जानता हूँ कि (एक बहुत लम्बी, कहीं दूर तक जाकर लौटती हुई साँस) मोहन दास ही...वास्तविक मोहन दास है।' न्यायिक दण्डाधिकारी की आवाज़ जैसे किसी गहरे कुएँ या बावड़ी में से आ रही थी। बहुत धीमी, मद्धिम आवाज़। उन्होंने चाय की एक लम्बी चुस्की भरी। उस घूँट और उसके स्वाद ने जैसे उनके माथे के तनाव को थोड़ा–सा शिथिल किया।

'...और वह दूसरा आदमी फ्रॉड है। वह सरासर 'इंपर्सोनेट' कर रहा है। मुझे पता है, वह बिसनाथ वल्द नगेन्द्रनाथ, जूनियर डिपो ऑफ़िसर ही है, जो ए बटा ग्यारह, लेनिन नगर में अवैध ढंग से मोहन दास की 'आइडेंटिटी' चुराकर रह रहा है। ही इज़ अ चीट, अ क्रिमिनल! अ स्काउंड्रल!' उनकी आवाज़ बहुत धीमी लेकिन किसी धातु जैसी धारदार और दृढ़ थी। उन्होंने अपनी जेब से बीड़ी का बंडल निकाला और उसमें से एक बीड़ी निकालकर पहले उसमें उल्टी फूँक मारी, फिर तीली से उसे सुलगाकर एक गहरा कश लिया।

हर्षवर्द्धन को लग रहा था जैसे वह अपने समय से बाहर, किसी टाइम मशीन में बैठकर, किसी दूसरे समय में पहुँच गया हो। उसने कहा : 'मैं यही बताने आपके पास आया था, लेकिन आपको कैसे पता कि असली मोहन दास कौन है?

'इसे जानना तो बहुत आसान है। अगर आप में थोड़ी–सी

संवेदना और विवेक हो।' मुक्तिबोध ने कहा और वे चिन्तित होकर कुछ सोचने लगे। उन्होंने बीड़ी का एक ख़ूब गहरा कश लिया। 'मैं तीन रातों से लगातार जाग रहा हूँ। आई कांट स्लीप फ़ॉर अ मोमेंट!...इट इज़ अब्सर्ड एंड अ वेरी टेंस एक्सपीरिएंस।' उनकी उँगलियों के बीच फँसी हुई बीड़ी बुझने के क़रीब थी। उनकी आँखें जैसे कहीं और नहीं, अपने आप को ही देखने लग गयी थीं।

'दि होल सिस्टम हैज़ टोटली कोलैप्सूड...! जस्ट लाइक ट्विन टॉवर्स इन न्यूयार्क...नाइन एलेवन!...नाउ व्हाट इज़ लेफ्ट फ़ॉर दि सब्जेक्ट एंड पुअर इज़...अनार्की एंड कैटॅस्ट्रॉफी!! (पूरी व्यवस्था ढह चुकी है। न्यूयार्क की जुड़वा मीनारों की तरह...9 और 11 सितम्बर!...अब प्रजा और ग़रीबों के सामने सिर्फ़ अराजकता और विनाश ही बचा है।) मुझे लगता है, हम पूँजी और सत्ता ...कैपिटल एंड पॉवर के एक बिल्कुल नये रूप के सामने हैं। मोहन दास इज़ बीइंग डिनाइड ऑफ़ अ सिंपल एसेंशियल लीगल जस्टिस, क्योंकि वह न्याय को ख़रीद नहीं सकता! ओह! गजानन माधव मुक्तिबोध के माथे की नस फूल रही थी। उनकी उँगलियाँ काँप रही थीं। वे बेचैन होकर खड़े हो गये थे। उन्होंने बुझी हुई बीड़ी को देखा और जेब से माचिस निकालकर उसे फिर सुलगाने लगे।

'हर सिद्धान्त ख़त्म हो सकता है।...किसी समय बहुत परिवर्तनकारी लगने वाली बौद्धिक और दार्शनिक संरचनाएँ बदले हुए समय में बिल्कुल खोखले वाग्जाल, अनर्गल बकवास और ठगों के प्रवचनों में बदल सकती हैं। इतिहास में ऐसा बार–बार हुआ है। लेकिन...'

उन्होंने बीड़ी का एक बहुत गहरा कश भीतर खींचकर साँस थोड़ी देर के लिए रोक ली। शायद वे अपनी चढ़ती हुई बेचैन साँसों को निकोटीन के धुएँ से शान्त करना चाहते थे। उन्हें खाँसी आ गयी। बायें हाथ से उन्होंने अपनी छाती को कुछ देर तक दबाये रखा, फिर खरखराती आवाज़ में कहा : 'लेकिन मनुष्य के

भीतर एक चीज़ ऐसी है, जो कभी भी, किसी भी युग में, किसी भी तरह की सत्ता द्वारा नहीं मिटाई जा सकती!...और वह है न्याय की आकांक्षा! डिज़ायर फ़ॉर जस्टिस इज़ इनडिस्ट्रक्टबल...! इट इज़ आल्वेज इम्मोर्टल...! न्याय की आकांक्षा कालातीत है!'

उन्होंने अपनी माध्यमा और तर्जनी के बीच फँसी बीड़ी खिड़की के बाहर उछाल दी। वह बुझ चुकी थी।

हर्षवर्द्धन सोनी मन्त्रबिद्ध था। यह कैसा आदमी है। ऐसे व्यक्ति को न्यायिक दण्डाधिकारी के रूप में आज के समय में देखना किसी असम्भव स्वप्न जैसा था। एक दुर्लभ फैंटेसी।

वे बेचैनी के साथ कमरे में टहल रहे थे। अचानक वे रुक गये और उनकी आँखों में एक गहरी आत्मीय हँसी किसी तरल द्रव की तरह झिलमिलाने लगी।

'तुम जाओ, हर्षवर्द्धन!...डोंट वरी मच। मुझे पता है तुम भी पिछली कई रातों से सोये नहीं हो। मेरी तरह!' उन्होंने बड़े ज़ोरों से एक ठहाका लगाया और कहा : 'पार्टनर, बेफ़िक्र होकर सोओ। स्लीप लाइक अ डेड हॉर्स। नाउ आई हैव गॉट विद समथिंग।'

इसके बाद वे हर्षवर्द्धन के पास आये। उसके कन्धे पर उन्होंने हाथ रखा। हर्षवर्द्धन को लगा, उस हाथ में कोई भार ही नहीं है। कागज़, फूल, स्वप्न या भाषा से बना हाथ।

गजानन माधव मुक्तिबोध, न्यायिक दण्डाधिकारी, प्रथम श्रेणी ने धीरे से, हर्षवर्द्धन के कान के पास फुसफुसाते हुए कहा : 'मेरे पास एक पॉवर है। सिर्फ़ एक पॉवर। दैट इज़...'सीक्रेट जुडीशियल इंक्वायरी।' मैं ख़ुद यह जाँच करूँगा। गोपनीय न्यायिक जाँच। जस्ट लीव इट टु मी।'

हर्षवर्द्धन सोनी जब मुक्तिबोध के फ्लैट से निकलकर बाहर आया तो उसे लगा जैसे वह किसी बहुत लम्बे स्वप्न की गुफा से बाहर निकलकर अपने समय और यथार्थ में वापस लौट रहा है। वहाँ, जहाँ मोहन दास है, बिसनाथ है, वह ख़ुद है और आज का यथार्थ है।

चार दिन बाद ही बिसनाथ और उसके पिता नगेन्द्रनाथ को जी.एम. मुक्तिबोध न्यायिक दण्डाधिकारी (प्रथम श्रेणी) के आदेश पर जालसाजी, धोखाधड़ी, फरेब, चोरी और गबन के जुर्म में इंडियन पीनल कोड की धारा 419/420/468/467/और 403 के तहत गिरफ़्तार करके जेल भेज दिया गया। अदालत ने ओरियंटल कोल माइंस के जनरल मैनेजर एस.के. सिंह को आदेश दिया कि वे मोहन दास विश्वकर्मा उर्फ़ बिसनाथ, जूनियर डिपो ऑफ़िसर के विरुद्ध तत्काल कार्रवाई करें और कार्रवाई की सूचना दो सप्ताह के भीतर अदालत को पेश करें। इसके अलावा, इस पूरे प्रकरण में प्रत्यक्ष और परोक्ष रूप से सम्मिलित और लिप्त अधिकारियों और कर्मचारियों के विरुद्ध उपयुक्त विभागीय जाँच और कार्रवाई का प्रारम्भ करें। अगर ओरियंटल कोल माइंस इन सब लोगों के विरुद्ध न्यायिक आपराधिक प्रक्रिया के अन्तर्गत अपराध क़ायम करना चाहती है, तो यह न्यायालय इसकी अनुशंसा करता है।

तहलका मच गया। अख़बारों में नकली मोहन दास की गिरफ़्तारी की ख़बर प्रमुखता से छपी। ओरियंटल कोल माइंस ही नहीं, बल्कि काई खदानों और सार्वजनिक उपक्रमों के अधिकारियों, यूनियन नेताओं और कर्मचारियों के होश उड़ गये। कई अधिकारी कर्मचारी मुअत्तल कर दिये गये। कई लम्बी छुट्टियों में चले गये। चारों ओर अफ़रा–तफ़री थी। लेनिन नगर, गाँधी नगर, अम्बेडकर नगर, जवाहर नगर, शास्त्री, नेहरू और तिलक नगर जैसी सुव्यवस्थित कालोनियों में हज़ारों बिसनाथ जैसे लोग थे, जो किसी दूसरे की पहचान, अधिकार, योग्यता और क्षमता को चुराकर वर्षों से कुर्सियों पर बैठे हुए थे और हज़ारों की तनख़्वाहें ले रहे थे।

बाद में पता चला कि गजानन माधव मुक्तिबोध, न्यायिक दण्डाधिकारी (प्रथम श्रेणी), अनुपपुर, (म.प्र.) ने अपने आपातकालीन सुरक्षित न्यायिक अधिकार का इस्तेमाल करते हुए, स्वयं इस मामले की 'गोपनीय जाँच' की थी।

उस रात देर तक वे पढ़ते रहे। सुबह उन्होंने नौ बजे ड्राइवर को फ़ोन करके अपनी सरकारी गाड़ी मँगायी, जिसका इस्तेमाल वे सिर्फ़ अदालत जाने और वहाँ से लौटने के लिए ही करते थे। दूसरा फ़ोन उन्होंने एच.एस. परसाई (हरिशंकर परसाई) को किया, जो पब्लिक प्रॉसिक्यूटर थे। तीसरा फ़ोन उन्होंने एस.बी. सिंह (शमशेर बहादुर सिंह) को किया, जो अनुपपुर के एस.एस.पी. थे। ये सभी अधिकारी अपनी–अपनी कर्त्तव्यनिष्ठा और ईमानदारी के लिए जाने जाते थे। चौथा फ़ोन उन्होंने हर्षवर्द्धन सोनी को किया और उससे सिर्फ़ इतना कहा–

'पार्टनर, स्टैंप पेपर लेकर फ़ौरन चले आओ!'

शमशेर बहादुर सिंह ने बताया कि न्यायिक दण्डाधिकारी की गाड़ी सीधे लेनिन नगर में, मटियानी चौक के पास, ए/11 नम्बर के फ्लैट पर रुकी। बिसनाथ उस समय विजय तिवारी के साथ किसी नेता की ख़िदमत में बाहर गया हुआ था। फ्लैट में सिर्फ़ उसकी पत्नी कस्तूरी उर्फ़ रेनुका देवी थीं, जो चिटफंड, सोशल सर्विस, किटी पार्टी और फाइनेंस का धन्धा करती थी। न्यायिक दण्डाधिकारी ने उससे सीधे उसकी वल्दियत और उसके माइके का पता पूछा। कस्तूरी मैडम उर्फ़ रेनुका देवी सरकारी बत्ती वाली गाड़ी और इतने लोगों को देखकर घबरा गयी थीं।

इसके बाद न्यायिक दण्डाधिकारी की गाड़ी लेनिन नगर से निकलकर मिर्ज़ापुर–बनारस जाने वाली सड़के पर दौड़ने लगी। ठीक पैंसठ किलोमीटर के बाद यह गाड़ी आवाजापुर गाँव की ओर जाने वाली कच्ची सड़क पर उतर गयी और आधे घण्टे बाद लंकापुर नामक गाँव में एक भव्य पक्के मकान के सामने रुक गयी। न्यायिक दण्डाधिकारी ने वहाँ उस मकान में रहने वाले लालू प्रसाद पाण्डे और उनकी पत्नी जयललिता पाण्डे से सिर्फ़ दो सवाल किये। पहला उनका और उनके पुत्र–पुत्रियों के नाम। और दूसरा उनके दामादों के नाम और पते। इसके बाद उन्होंने पब्लिक प्रॉसिक्यूटर एच.एस. परसाई को निर्देश दिया कि वे

हर्षवर्द्धन सोनी से स्टैंप पेपर लेकर इनका हलफ़नामा तैयार कर लें।

न्यायिक दण्डाधिकारी की गाड़ी इसके बाद ग्राम पंचायत के सरपंच के घर पर रुकी, जहाँ सरपंच और कुछ गवाहों के बयान दर्ज़ किये गये।

एस.एस.पी. शमशेर बहादुर सिंह ने ज़ोरों का ठहाका लगाते हुए कहा–'जालसाजों ने इतनी दूर तक सोचा ही नहीं था और सबके सब फँस गये। मैंने तो लंकापुर से ही अनूपपुर थाने के एस.एच.ओ. को फ़ोन कर दिया था कि बिछियाटोला और लेनिन नगर जाकर नगेन्द्रनाथ और बिसनाथ को थाने ले आओ, वरना फ़रारी में चले गये तो मुसीबत हो जायेगी।

इसके बाद का विवरण बहुत संक्षिप्त है।

हर्षवर्द्धन सोनी और मोहन दास दोनों इस जीत से बहुत ख़ुश हुए। कस्तूरी सारे पुरबनरा में नाचती फिरी। अन्धी पुतलीबाई ने कुठिला में से टटोल–टटोल कर, लुका–छिपा कर रखी गयी एक पोटली फिर खोज निकाली, जिसमें बिसुनभोग चावल था। मोहन दास के घर का हर कोना बिसुनभोग, खंडसारी और बकरी के दूध से बनने वाली खीर की महक से गमक उठा। अलोपी मैना के घोंसले में अण्डों की खोल को अपनी नन्हीं–नन्हीं चोंच से, भीतर से फोड़कर, दो सुन्दर छौने बाहर निकल आये और उनकी अबोध चिंचियाहट ने कोठरी और ओसार में एक नया संगीत भर दिया।

पुतलीबाई की गठिया का दर्द कम हो गया और पहली बार उसने आँगन और परछी में ख़ुद ही झाड़ू लगायी। वह मगन होकर गाये चली जा रही थी, लेकिन उस गीत में किसी प्रसन्न चिड़िया के कण्ठ के साथ एक कोई उदास–सा स्वर भी शामिल था :

'तोला बिन जग लागे सुन्ना...
जग लागे सुन्ना...
नहीं भावे मोला
सोना–चाँदी महल अटारी...'

हर्षवर्द्धन सोनी ने मोहन दास से कहा अब अगला केस ओरियंटल कोल माइंस में तुम्हें तुम्हारी नौकरी वापस दिलाने के लिए दाख़िल होगा। अदालत ने बिसनाथ की सर्विस बुक से तुम्हारे सभी सर्टिफ़िकेट्स, मार्क्सशीट्स और टेस्टिमोनियल्स ज़प्त कर लिए हैं। वे तुम्हें सौंप दिये जायेंगे। मोहन दास हर्षवर्द्धन से लिपट गया। उसका कमज़ोर–ग़रीब शरीर काँप रहा था। उसका गला भर्राया हुआ था और आँखों से कृतज्ञता और आह्लाद के आँसू लगातार बह रहे थे। जैसे आषाढ़–सावन की झड़ी लगी हो।

बीरन दास बैगा के धर में फिर रास रंग हुआ। सितिया ने सरसों के तेल, लहसुन–प्याज और गरम मसाले में रसदार सुअर का गोश्त पकाया। तीन मटकी महुए की शराब उतारी। ढोलक, मंजीरा के अलावा इस बार रामकरन हारमोनियम भी लेकर आया था। गोपाल दास, बीरन, बिहारी, परमोदी, मोहन दास सभी ने पी। सितिया, रमोली, कस्तूरी, सावित्री भी ठर्रा पीकर मदमत्त हो गयी थीं। वे नाच रही थीं और गा रही थीं। मोहन दास को पता नहीं कहाँ–कहाँ के गाने एक के बाद एक याद आ रहे थे। समाँ बन्ध गया था।

कस्तूरी को आज कुछ ज़्यादा ही चढ़ गयी थी। वह बार–बार मोहन दास का हाथ पकड़कर उसे खींचने लगती। 'हु तु तू...तु...तू...। मोला संग कबड्डी खेलिहे? हु तू तू तु तू...!' वह मोहन दास के शरीर में गुदगुदी मचाने लगती।

'जा भाग एट्ठे से! जा दरोगा तिवारी के भइंसवारी माझी...!' मोहन दास उससे चुहुल कर रहा था। सब हँसते–हँसते लहालोट हो रहे थे।

जब सावित्री ने अचानक चिल्लाकर कहा–'दउड़ा गे...दउड़ा! तिवारी दरोगा कछनी माझी हगथे!!, तो हँसी और ठहाकों का इतना बड़ा बम फूटा, जिसके धमाके से आधी रात सारा पुरबनरा गूँज उठा।

मोहन दास और बीरन बैगा उठकर आँगन के बीचोंबीच

खड़े हो गये थे। जैसे वहाँ कोई अदालत चल रही हो। दोनों डायलॉग मार रहे थे।

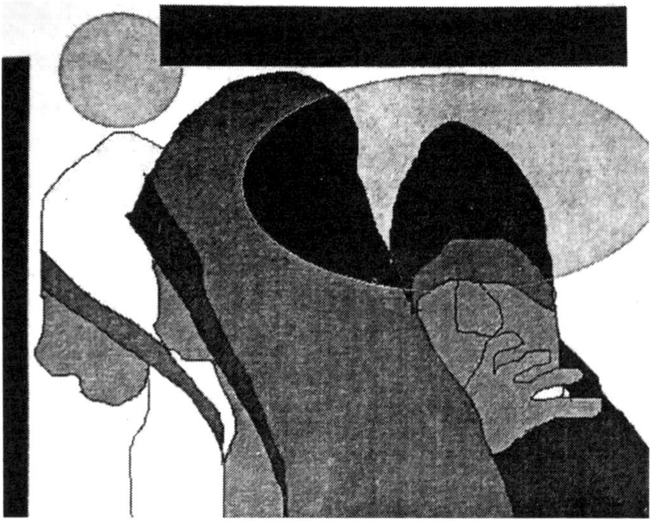

मोहन दास : 'ए...ए गा! तैं कौन है? तेरा नाम क्या है? चलो कोरट को बताओ!

बीरन बैगा : मेरा नाम है बीरन बइगा। अउर मेरे बाप का नाम है हिंडवा बइगा! डिंडवा बइगा!!

मोहन दास : ए गा! अउर मैं कौन हुआ? मेरा क्या नाम?

बीरन बैगा : (आगे बढ़कर उसकी छाती पर उँगली गड़ाते हुए) अबे साले भुक्खड़! तुम्हारा नाम है मोहन दास! मोहन दास!! (चिल्लाते हुए) मोहन दास कबीरपन्थी बंसोर!!!

मोहन दास : अउ मेरे बाप का नाम क्या है?

बीरन बैगा : तेरा बाप तो मर गया है! तेरा बाप का नाम हुआ है काबा दास!

मोहन दास : ए गा! मैं मोहन दास इधर, अउर मेरा बाप काबा दास उधर ऊपर, सुरग में...तो बुच्चोद्दी वो उधर अनूपपुर को जेहलख़ाना में कउन बैठा है?

बीरन बैगा : (कूदकर हाथ नचाता हुआ चीख़ता है)...वो दहिजरा बिसनाथ! चार सौ बीस...! उसका बाप डबल चार सौ बीस! उसका औरत चार सौ बीस! कोयला खदान वाले लेनिन नगर का अफ़सर नेता राब चार सौ बीस!

(परमोदी, सितिया, बिहारी, रामकरन, रमोली, सावित्री, गोपाल दास सभी के सम्मिलित ठहाकों के साथ ढोलक, मंजीरा, हारमोनियम का संगीत।)

इस पूरी कहानी से उदास, हताश धूसर रंग के बीच में चटखीले प्रसन्न रंगों का यह छींटा आपको किसी क्षेपक की तरह लग रहा होगा। है न? आपका सोचना बिल्कुल सही है। ग़रीबों और अन्याय के शिकार लोगों के जीवन के खुरदुरे यथार्थ में ऐसे सुन्दर रंग कभी–कभार बस ऐसे ही कुछ पल के लिए आते हैं। सत्ता और पूँजी से जुड़ी ताक़तें अचानक किसी बाज़ की तरह झपट्टा मारकर अलोपी मैना के घोंसलों को उजाड़ देती हैं और बाहर दिखायी देते हैं चिड़ियों के नन्हें–नन्हें छौनों के पंख और ख़ून के कुछ धब्बे। ये धब्बे किसी भी पार्टी की सरकार के मानव संसाधन मन्त्रालय द्वारा लिखवाये गये इतिहास की पाठ्यपुस्तकों में कभी नहीं दिखायी देते। क्योंकि इतिहासकार का पेशा ही है अपने समय की सत्ता के दामन के दाग–धब्बों को छिपाना।

वह महीना कई अप्रत्याशित घटनाओं से भरा हुआ था। भारत की राजधानी दिल्ली से 1050 (एक हज़ार पचास) किलोमीटर दूर जो कुछ घट रहा था, उसकी सूचना और ख़बर इस कहानी के अलावा आपको और कहीं से नहीं मिलेगी। अनूपपुर में मोहन दास का जीवन जिन हालात से गुज़र रहा था, उसका संक्षिप्त विवरण यों है :

गजानन माधव मुक्तिबोध, न्यायिक दण्डाधिकारी प्रथम श्रेणी का तबादला अचानक राजनांद गाँव के लिए हो गया और वे अनूपपुर छोड़कर चले गये।

बिसनाथ के वकील रास बिहारी राय, जो सत्ताधारी पार्टी के बड़े नामी–गिरामी नेता थे और जिनकी बहू नगर निगम की अध्यक्ष थीं, उन्होंने एक ही पेशी में बिसनाथ और उसके पिता नगेन्द्रनाथ की जमानत करा दी। रास बिहारी राय मौज़ूदा राजनीति के मंजे हुए खिलाड़ी थे। 'बिसनाथ उर्फ़ मोहन दास' को जेल से जमानत पर रिहा कराते हुए, पुलिस से साँठगाँठ करके उन्होंने यह चालाकी की कि पुलिस रिकॉर्ड में मोहन दास नाम ही दर्ज़ रहे। क्योंकि जब तक अदालत अन्तिम फ़ैसला नहीं सुनाती तब तक मोहन दास उर्फ़ बिसनाथ 'अपराधी' नहीं, क़ानूनी तौर पर संदिग्ध' ही था। यानी पुलिस के दस्तावेज़ों और आधिकारिक काग़ज़ात में, अनूपपुर जेल में जो क़ैदी जमानत पर रिहा किये गये वे अपने पुराने नामों 'मोहन दास उर्फ़ बिसनाथ' और 'काबा दास उर्फ़ नगेन्द्रनाथ' के नाम से ही जेल के बाहर थे। उन दोनों के रिहाई दस्तावेज़ों पर बाद वाला नाम इस तरह घसीटे में लिखा गया था कि पढ़ाई में नहीं आता था।

उधर अचानक एक दिन ख़बर मिली कि राजनांद गाँव में न्यायिक दण्डाधिकारी जी.एम. मुक्तिबोध का ब्रेन हैमरेज हुआ और उन्हें अचेतावस्था में बिलासपुर के अपोलो अस्पताल में भर्ती किया गया। अपोलो में काँग्रेस पार्टी के महामन्त्री श्रीकान्त वर्मा और मुक्तिबोध के अभिन्न मित्र नेमिचन्द जैन उनके साथ मौज़ूद थे। लेकिन 72 घण्टे तक जीवन–मृत्यु के बीच चले कठिन संग्राम के बाद गजानन माधव मुक्तिबोध, न्यायिक दण्डाधिकार, प्रथम श्रेणी ने अपनी अन्तिम साँस ली।...इस अन्तिम साँस ने उन्होंने 'हे राम!' कहा।

उनकी मृत्यु की सूचना मिलने पर हर्षवर्द्धन सोनी के साथ फूट फूटकर रोने वाला पुरबनरा गाँव का मोहन दास कबीरपन्थी बंसोर भी था। उसके जीवन से जैसे आशा का अकेला स्रोत ही बुझ गया।

ताज़ा हाल यह है कि बिसनाथ ने अपनी पत्नी रेनुका के साथ मिलकर, कोलियरी की दलाली में बहुत पैसा कमा लिया है। विजय तिवारी के साथ उसकी बैठकी अब भी चलती है। वह इन दिनों खुलकर राजनीति में आ गया है और ज़िला जनपद के अध्यक्ष पद का चुनाव लड़ रहा है। उसकी जात–बिरादरी के लोग तो वैसे भी ऊँची ज़गहों पर हैं। वे हर तरह से उसकी मदद करते हैं। वह कहता है 'असली मोहन दास कौन है और नक़ली है, इसका फ़ैसला तो हम करेंगे। उस ससुर दो कौड़ी के फटीचर बंसोर ने हमारी इज़्ज़त पर बट्टा लगाया, लगी लगाई नौकरी छीनी, अब हम अपनी ताक़त उसे दिखा देंगे।'

अभी पिछले हफ़्ते जब मैं अपने गाँव गया तो हर्षवर्द्धन के चेहरे पर हवाइयाँ उड़ रही थीं। उसकी आँखें लाल थीं। उसने कहा : 'पिछली तीन रात से मैं सोया नहीं हूँ। समझ में नहीं आता क्या करूँ। बिसनाथ के बारे में पुरबनरा के लोग सच कहते हैं। ग़ज़ब का बिस धारी। असल करैत।'

उसने लम्बी साँस भरी और कहा : 'लेनिन नगर के इलाक़े में बिसनाथ हर दूसरे–तीसरे दिन कोई–न–कोई क्रिमिनल वारदात करता है। कभी किसी की चैन खींच लेता है, कभी किसी के साथ मारपीट करके घायल कर देता है। उसकी पत्नी फाइनेंस और चिटफंड के जिस धन्धे में है, उसकी वसूली में वह क़र्ज़दारों से मारपीट करता है और घर में घुसकर उनका सामान उठा लाता है।...अब थाने में जो एफ.आई.आर. दर्ज होती है, वह तो मोहन दास के नाम पर ही दर्ज होती है क्योंकि वहाँ ज़्यादातर लोग बिसनाथ को अभी तक मोहन दास के नाम से ही जानते हैं। और इधर पुलिस पुरबनरा जाकर इस बेचारे असली मोहन दास को पकड़ लाती है।'

हर्षवर्द्धन की आँखों में असहायता के आँसू थे। 'बिसनाथ ने पुलिस इंस्पेक्टर विजय तिवारी से मिलकर थाने के सिपाहियों को खिला–पिला रखा है। उन्होंने मोहन दास को पीट–पीट

कर उसके हाथ–पैर तोड़ डाले हैं। वह चल फिर नहीं पाता। उसकी माँ पुतलीबाई भी चार रोज़ पीछे कुएँ में गिरकर मर गयी। कस्तूरी हाड़तोड़ मजूरी करके किसी तरह चूल्हे की आग ज़िंदा रखे हुए हैं।'

मेरी आँखें ऊपर उठीं। सामने से मोहन दास लँगड़ता हुआ चला आ रहा था। उसके शरीर पर पुरानी बेरंग, पैबंद लगी पैंट और चीथड़ा हो चुकी चौख़ाने वाली क़मीज़ नहीं, सिर्फ़ एक लँगोटी भर बची थी। उसके सिर के बाल गिए चुके थे और आँखों में गोल फ्रेम का सस्ता–सा चश्मा लगा था। वह धीरे–धीरे डगमगाता हुआ, लाठी के सहारे, किसी बीमार बूढ़े की तरह चल रहा था।

'काका, राम राम!' उसने मुझे देखकर हाथ जोड़े। उसके चेहरे पर पीड़ा और पराजय की गहरी लकीरें खिंच आयीं। मैंने देखा, वह बहुत बूढ़ लग रहा था। लगभग अस्सी–पचासी साल का। लाठी टिकाकर वह वहीं ज़मीन पर बैठ गया। उसके गले से कराह के साथ भर्राई हुई आवाज़ निकली, लेकिन वह आवाज़ जिस भाषा में थी, वह भाषा थी 'राजभाषा' हिन्दी। उसने कहा :

'मैं आप लोगों के हाथ जोड़ता हूँ। मुझे किसी तरह बचा लीजिए। मैं किसी भी अदालत में चलकर हलफ़नामा देने के लिए तैयार हूँ कि मैं मोहन दास नहीं हूँ। मेरे बाप का नाम काबा दास नहीं है। और वह मरा नहीं है, अभी जिन्दा है। बहुत मारा है मुझे पुलिस ने बिसनाथ के कहने पर। सारी हड्डियाँ तोड़ डालीं। साँस तक लेने पर छाती दुखती है।'

मैं देख रहा हूँ, मोहन दास के होंठ कटे हुए हैं और मुँह पोपला हो चुका है। शायद थाने में उसके दाँत तोड़ डाले गये हों। उसकी आवाज़ टूटकर बिखर रही है :

'जिस बनना हो बन जाये मोहन दास। मैं नहीं हूँ, मोहन दास। मैंने कभी कहीं से बी.ए. नहीं किया। कभी टॉप नहीं किया। मैं कभी किसी नौकरी के लायक़ नहीं रहा। बस मुझे चैन से

जिन्दा रहने दिया जाये। अब हिंसा मत करो। जो भी लूटना हो लूटो। अपने अपने घर भरो। लेकिन हमें तो मेहनत पर जीने दो! काका, आप लोग मेरा साथ दो।'

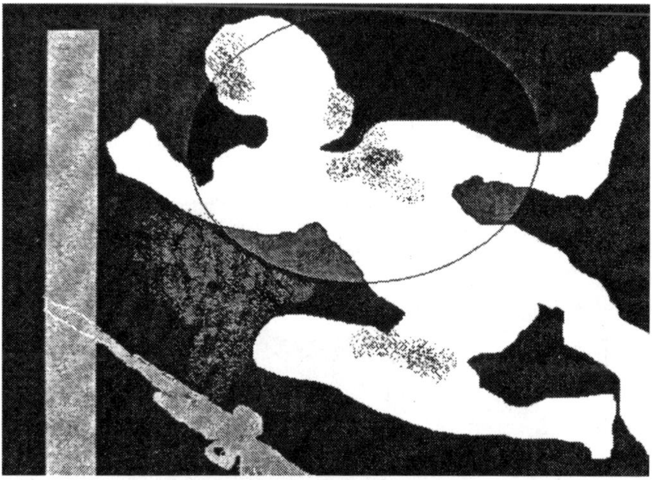

पता चला मोहन दास का बारह साल का बेटा देव दास दस दिन से घर नहीं लौटा है। कोई कहता है उसे बिसनाथ ने ग़ायब करा दिया, कोई कहता है वह डर कर मुम्बई भाग गया है...

...और कोई कोई यह भी कहता है कि उसे परसों बस्तर के जंगलों में देखा गया है।

(यह उसी समय की बात है, जब भरूच के पास एक ऊँचे टीले पर राघव नाम का एक तीस साल का धनुहार खड़ा हुआ था। उसने रात–रात भर जाग कर, बाँस चीर–चीर कर बहुत सारे तीर बनाये थे। वह धनुष की प्रत्यंचा चढ़ाकर आकाश की ओर तीर चलाता था, फिर दौड़ता हुआ टीले के नीचे गिरे तीर को बीन लाता था।

दुबारा, तिबारा...पता नहीं कितनी ही बार वह

इस तरह तीर आकाश की ओर चलाता रहा और धरती पर उन्हें बीनता रहा।

लेकिन बहुत से तीर अब नीचे पानी में डूबने लगे थे। उन्हें खोजना और बीनना मुश्किल होता जा रहा था। क्योंकि पहाड़ों के बीच, दूर–दूर तक फैले मैदान में पानी भरता जा रहा था। जल प्लावन। महा जल प्रलय। गाँव के गाँव डूब रहे थे, पेड़ डूब रहे थे। दिशाएँ और स्मृतियाँ सब डूब रही थीं।...

...तीस साल का राघव लेकिन उस टीले के ऊपर से आकाश की ओर तब तक तीर चलाता रहा और दौड़कर उन्हें बीनता रहा, जब तक वह ख़ुद भी डूब नहीं गया...

राघव अब कहाँ है? जहाँ वह था, वहाँ अब पानी ही पानी है। अपार अथाह जल।...वहाँ बिजली पैदा होगी।...भरूच में हिलसा मछली हुआ करती थी! भारत की नदियों की सबसे महान और संसार की विलक्षण

मछली। हिलसा सिर्फ़ बहते पानी में, नदी की ताज़ा धार में ही जीवित रह सकती है।

...हिलसा अब रुके हुए बाँध के बीमार और प्रदूषित पानी में मर चुकी होगी।

...यह उसी समय की बात है, जब मैं यह कहानी आपके लिए जिस भाषा में लिख रहा हूँ, उस भाषा के भीतर मैं बग़दाद के अबु ग़रीब जेल में इराकियों की तरह हूँ! या 1943 की जर्मनी के किसी गैस चैंबर में यहूदियों की तरह! या किसी बीमार प्रदूषित ठहरे हुए पानी में डूबी हिलसा मछली की तरह!...या अभी भी संग्रामरत राघव धनुहार की तरह!

...यह वही समय है, जिसमें मोहन दास हैं, आप हैं, मैं हूँ और बिसनाथ है। और आज का यथार्थ है!

...वही समय, जिसे इक्कीसवीं सदी के पहले दशक के रूप में सब जानते हैं और जब तक हम सब हिन्दी के कथा सम्राट मुंशी प्रेमचन्द की सवा सौवीं जयन्ती सत्ताधारियों को मनाते हुए देख रहे हैं...

लेकिन सच बताइये, मोहन दास के गाँव पुरबनरा का नाम क्या आपको पोरबन्दर की याद नहीं दिलाता?...)

❐❐

मोहन दास

कुछ पत्र–प्रतिक्रियाएँ

हंस, अगस्त, 2005 उदय प्रकाश की कहानी, 'मोहन दास!' पता नहीं डर का रंग कैसा होता है, लेकिन सच का रंग... इससे क्या भिन्न होगा! भिन्न ही नहीं भयावह भी! बिल्कुल भी धूसर नहीं ...साफ़... चमकीला... पारदर्शी... लेकिन फिर भी मुक्तिबोध की बावड़ियों और खोहों में प्रवेश करने जैसा, आप कहते रहें एक को मुक्तिबोध और दूसरे को प्रेमचन्द या रेणु... लेकिन समकालीन सच्चाइयों के धधकते अँगारों को अपनी हथेलियों पर संजोने का दुर्लभ साहस हो तभी पढ़ी जा सकती है यह कहानी... हाँ, हंस एक बार फिर यह श्रेय ले गया।

क्या हमें पता है? इस आज़ाद देश के लोगों, क्या हमें यह पता है कि यह वह समय था जब हिन्दी के एक सर्वाधिक प्रतिभाशाली लेखक को एक विश्वविद्यालय की चयन कमेटी ने हिन्दी के प्राध्यापक पद के लिए इसलिए अयोग्य ठहरा दिया था, क्योंकि उसके पास नकल, सिफ़ारिश, घूस, चापलूसी और तिकड़पन से जुगाड़ी गयी 'डॉक्टर ऑफ़ फिलॉसफी' का कागज़ नहीं था। यह बात और है कि उस लेखक के रचना–संसार पर कई शोधार्थी पीएच.डी. कर चुके थे और अनेक उस पर शोधरत थे। उदय ने लिखा है कि एक बार ऑल इंडिया इंस्टीट्यूट ऑफ़ मेडिकल साइंस से हिन्दी के सुप्रसिद्ध कथाकार जैनेन्द्र कुमार को भी सिफ़ारिश विहीन होने का भगा दिया

गया था। यह वैसा ही है जैसे उज्जैन की प्रेमचन्द पीठ और कालिदास एकेडमी में क्रमशः प्रेमचन्द और कालिदास के आवेदन पत्रों को रिजेक्ट कर दिया जाये क्योंकि इनमें 'वाँछित अहर्ताएँ' नहीं हैं। उदय भले ही कितने ही स्वाध्यायी हों, लेकिन शायद तब तक उन्होंने मुक्तिबोध की ये पंक्तियाँ नहीं पढ़ी थीं कि 'हमारे विश्वविद्यालय मूर्खों के टीले हैं।

दिक़्क़त यह है कि युवा आलोचक शम्भु गुप्त लाख लिखते रहे कि उदय प्रकाश की कहानियों के अध्ययन की सबसे पहली और बड़ी समस्या यह है कि वे हमारे अब तक के अधिकांश अध्ययनास्वाद, पाठकीय संस्कार और आलोचना की कसौटी को अपर्याप्त सिद्ध कर देती हैं। वे हमें एक भिन्न और उत्तेजक कथा–संसार में ले जाती हैं जहाँ न केवल कहानी का स्वरूप बदला हुआ है बल्कि उसकी संवेदना भी काफ़ी कुछ नयी है। लेकिन हमें तो दिक़्क़त यह है कि यह कमबख़्त लेखक इतना प्रतिभाशाली और लोकप्रिय क्यों है? बेहतर यही है कि उसके लेखन का मर्म समझने की बजाय अपने 'डिफेंस' में हम उसे कुन्ठित, जादुई और फैंटेसी का तकनीशियन कहकर अपनी ईर्ष्या से निजात पायें और पुनः अपनी माँद में घुस जायें।

यह दरअसल उस कठिन समय का ब्यौरा है जब हिन्दी साहित्य के सर्वाधिक प्रतिभाशाली लेखक को लेकर बेबुनियाद अफ़वाहों और कानाफूसियों का बेशर्म दौर जारी था। ये अफ़वाहें और कानाफूसियाँ उन चुनिन्दा मीडियाकारों द्वारा प्रायोजित थीं जो इस लेखक को यहीं कुचलकर ख़त्म कर देना चाहते थे। उनकी सीमित और कथित प्रतिबद्ध शब्दावली में यह लेखक एक मिडिल क्लास, फ्रस्ट्रेटेड और महत्त्वाकांक्षी लेखक है (जो इस दौर में अनिवार्य मगर बेशर्म जोड़–तोड़ न कर पाने के कारण अनेक महत्त्वपूर्ण पदों एवं पुरस्कारों से वंचित है।) मगर उसकी लेखनी में एक ऐसा ज़बरदस्त मैस्मेरिज़्म था जो हिन्दी साहित्य के लाखों पाठकों को अभिभूत कर देता था और वहीं लेखक की असली ताक़त थी।

अपनी उम्र के इस पड़ाव में यह युवा लेखक उसी तरह गंजा हो चुका था जिस तरह एक डेढ़ पसली का बूढ़ा आदमी उस समय अपने बाल गँवा चुका था जब भारत के विभाजन का मसौदा तैयार हो रहा था। यदि आप ध्यान से देखें तो मोहन दास करमचन्द गाँधी और इस युवा लेखक की तस्वीर में आपको अद्‌भुत साम्य दिखायी देगा।

निरंजन श्रोत्रिय, गुना (म.प्र.)

• •

प्रेमचन्द की जन्मशती पर हंस ने 'मोहन दास' के रूप में अद्‌भुत श्रद्धाजलि दी है। प्रायः यह बहस उठती रही है कि प्रेमचन्द की विरासत क्या हो, सच तो यह है कि प्रेमचन्द ने अपना ध्येय सामाजिक न्याय को ही बनाया। आज भी उनकी कहानी 'कफ़न' उतनी ही प्रासंगिक है, जितनी तब थी। एक कथाकार से अपेक्षाकृत वे वंचितों, पीड़ितों के हक़ में हमेशा खड़े रहे, उनका सम्पूर्ण साहित्य उसी चिन्ता में है भी। कुछ दिन पूर्व प्रियंवद ने अपने साक्षात्कार में कहा था (जाने अपेक्षा में या यूँ ही) कि प्रेमचन्द के खाते में एक भी प्रेमकथा नहीं है। यह बात यहाँ ग़ौर करने लायक़ है कि प्रेमचन्द पूरे समाज की विकृतियों पर लगातार प्रहार कर रहे थे। हर उस कोने की पड़ताल करने में जुटे थे, जहाँ किसी असहाय की आवाज़ दबाई जा रही थी, जहाँ कोई शोषण था। यह प्रश्न तब बेमानी ही है कि प्रेम पर उन्होंने क्यों नहीं लिखा।

'मोहन दास' लिखने वाले प्रेमचन्द की विरासत को आगे ले जायेंगे। उदय प्रकाश जी ने पहले भी कई कहानियाँ सामाजिक अव्यवस्था के बरअक्स लिखी हैं। इस कहानी के माध्यम से पूरी व्यवस्था को उघाड़ने में वे पूर्ण सफल हुए हैं। वर्तमान समय में वे एक सच्चे क़लम के सिपाही हैं, जिन्होंने अपने औज़ारों को कुन्द नहीं होने दिया है। वे बधाई के पात्र हैं। साथ ही राजेन्द्र जी भी बधाई के पात्र हैं कि उन्होंने सही वक़्त पर इतनी श्रेष्ठ

रचना को पाठकों के सामने प्रस्तुत किया। आज उदय प्रकाश जैसे लेखकों के भरोसे ही हम सामाजिक अन्याय के ख़िलाफ़ लामबन्द हो सकते हैं।

नरेन्द्र प्रताप सिंह, वाराणसी

• •

उदय प्रकाश की कहानी 'मोहन दास' तो युगीन आख्यान है, कथा के कलेवर में औपन्यासिक विस्तार है, विद्रूपित यथार्थ का जीवन्त और मार्मिक दस्तावेज़ है; ये कथा फैक्ट–फिक्शन–फैंटेसी के ज़रिये हमारी आँखों में उँगली डालकर, यथार्थ की नंगी सच्चाई से रू–ब–रू होने का आग्रह करती है। स्तब्ध–सा होकर रह जाता है पाठक का मन।

ऑस्कर वाइल्ड ने कहीं लिखा है कि मुखौटे पहनकर, सत्य का पुरअसर बयान; बेबाक अन्दाज़ में किया जा सकता है। मुखौटों की आज ज़रूरत आ पड़ी है–सत्य के उद्घाटन के लिए। मोहल्ले का झल्लू हलवाई या लल्लू पहलवान जब रामलीला के मंच पर राम या रावण का मुखौटा पहनकर संवाद बोलते हैं तो लोग उन्हें राम या रावण का संवाद ही मानते हैं–समझते हैं–लल्लू या झल्लू का कथन नहीं। मुखौटे पहनाकर, फैंटेसी के ज़रिये 'मोहन दास' में, उदय प्रकाश जी ने बहुत कारुणिक कथा कही है जो अथक परिश्रम करते हुए, अकथ कष्ट सहते हुए, भारत का आम निरीह कातर नागरिक रोज़–ब–रोज़ भोगता है। साधुवाद कि हंस में उदय प्रकाश की चर्चित कहानियाँ पढ़ने को मिलती हैं। उदय प्रकाश जी को ढेर–सी शुभकामनाएँ और बधाइयाँ।

किसलय, रीवा

• •

उदय प्रकाश की लम्बी कहानी दरअसल एक महाकाव्य की सम्भावना भरी इस लोकतन्त्र के आम आदमी 'मोहन दास' की करुण कथा है। कहानी के सुपात्रों के प्रसिद्ध साहित्यों के साहित्यकारों को अपनी सामाजिक भूमिका के प्रति ज़िम्मेदारी महसूस कराने का उत्तम मौलिक प्रयोग है। लेखक की संवेदनशीलता को नमन।

प्रहलाद श्रीमाली, चेन्नई

• •

लम्बी कहानी 'मोहन दास' पढ़ी। इस कहानी ने मुझे बहुत गहरे तक प्रभावित किया। यह एक बेहद सशक्त कहानी है। हार्दिक बधाई। यों तो समकालीन हिन्दी कथा–जगत को उदय की कहानियों की प्रतीक्षा–सी बनी रहती है। एक लम्बे समय तक कहानी की चर्चा की गूँज भी बनी रहती है। उदय हिन्दी के एक अकेले कथाकार हैं, जिनकी लम्बी कहानियों ने कुछ समय तक अपने को चर्चा–परिचर्चा के केन्द्र में अवश्य बना रखा है। उदय जैसे हिन्दी के सशक्त और सुदृढ़ कथा–हस्ताक्षर पर हम सभी कलाकारों को गर्व होता है। लम्बी कहानियों के लिए उदय सचमुच एक 'रोल मॉडल' हैं, पढ़कर बहुत कुछ जाना–सीखा जा सकता है।

इस कहानी में मोहन दास और उसकी तमाम विषम जानलेवा, त्रासद, परिस्थितियाँ, किसी भी संवेदनशील पाठक को झकझोर सकती हैं। पहले ख़ुद को अपनी पहचान दिलाने से लेकर बाद में ख़ुद को अपनी ही पहचान से हटाने के बीच का सारा जद्दोजहद इतना मारक है कि कहानी सिर्फ़ रचना मात्र तक सीमित नहीं रहकर, एक सजीव दस्तावेज़ बन जाती है। उदय जिस रूप में कहानियों को 'कनसीव' करते हैं और उसके 'कैनवास' को जो विस्तार देते हैं, वह अद्भुत लगता है।

सी भास्कर राव, जमशेदपुर

हंस में उदय प्रकाश की कहानी पढ़ी। यह लम्बी कहानी लम्बे दिनों तक याद रहेगी। यह कहानी के परिदृश्य में नये आयाम स्थापित करती है। उनके पास जो कथा शिल्प है, वह अन्य किसी के पास नहीं। इधर, शोर मचाती (उबाती) कहानियाँ तो बहुत छपी हैं। हंस में शायद सबसे ज़्यादा छपी हैं। 'मोहन दास' कहानी पर आख्यान को रचती है। इतनी सहज सरल भाषा में इतनी गमभीर कहानी लिखना मामूली बात नहीं। दरअसल, उदय ने 'मामूलीपन' को कहानी के कथ्य में जिस तर जज़्ब किया है, वह असाधारण हो जाता है। कहानी के बीच अख़बारी ख़बरे/सूचनाएँ–कहानी का ज़रूरी हिस्सा लगती हैं–इसलिए कि उदय उन्हें कहानीपन से बाहर नहीं होने देते। 'मोहन दास' कहानी हमारे समय के विसंगत और असंगत, पर एक संवेदनशील कथाकार का ऐसा तबसरा है जो भीतर तक हिला देता है।

ज्ञान प्रकाश विवेक, बहादुरगढ़ (हरियाणा)

7.8.2005

श्री रामपुर

श्री उदय प्रकाश जी

नमस्कार!

'हंस' के (अगस्त 05) के अंक में आपकी कहानी 'मोहन दास' पढ़ी। बहुत पसन्द आयी। आज के जीवन में चलने वाले यथार्थ को उजागर करने वाली लगी।

मैं इसका अनुवाद कर मराठी के दिवाली अंक में प्रकाशित करना चाहता हूँ। कृपया अनुमति भेजें।

मराठी अनुवाद यहाँ की सुश्री सुमती साण्डे जी के 'शब्दालय' के दिवाली अंक में देने की सोच रहा हूँ।

भवदीय

चन्दूलाल सावज

'शत्रुंजय' प्रवरा हौसिंग सोसायटी वार्ड नं. 7 श्रीरामपुर–4137609,

ज़िला–अहमद नगर (महाराष्ट्र)

× × × ×

12.8.05

आदरणीय उदय जी,

सादर प्रणाम

'हंस', अगस्त 05 के 'मोहन दास' को पढ़ते हुए कई बार आँखें भर आयीं उस मोहन दास का एक रूप मैं भी हूँ। इस समय उसके ही जैसी कठिन लड़ाई मैं और मेरी पीढ़ी लड़ रही है। मुझे विश्वास है कि हम ये लड़ाई जीतेंगे। हमारी जिजीविषा जीतेगी। आपकी इस कहानी ने एक उथल–पुथल पैदा किया है मेरे भीतर। मुझे यदि योग्य समझें तो पत्रोत्तर देकर कृतार्थ करें।

पुरुष के साथ नारी की सहकारिता, समानधर्मी चेतना व

सहजीविता ने मानस पर प्रभाव छोड़ा है। कस्तूरी (विशेषकर) पुतली (भी) बहुत सशक्त पात्र हैं। यही विशुद्ध भारतीय परम्परा है। उदयजी, ऐसे अंकन के लिए आपको धन्यवाद। कहानी के बीच समसामयिक सन्दर्भों में जैसे इस दौर की ऐसी वीभत्स हक़ीक़त को रचने वालों के मुँह पर तमाचा मारती है।

× × × ×

13.8.05

आपने मोहन दास की सच्ची कहानी कही है। मैं कलावाद में विश्वास नहीं करता, केवल 'कला के लिए' की धारणा बेकार की चीज़ है। बल्कि यथार्थ को यथावत् पेश करना ज़रूरी मानता हूँ। इस कहानी में आदमी की जिजीविषा, संघर्ष, खिलंदड़ापन सब साक्षात् हुआ है; बावजूद इसके बात वही 'सर्वाइवल ऑफ़ दी फिटेस्ट' की रह जाती है। क्या मोहन दास को अन्त में हार ही मिलेगी? क्या हम मोहन दास–कस्तूतरी को इस लोकतन्त्र में, जो मानवतावादी होने का दावा करता है, न्याय पाते नहीं देख सकेंगे? बात यदि संघर्ष की है तो वह चिरन्तन चला आ रहा है। अब बात सक्रिय आन्दोलन की होनी चाहिए। आज अगर एक 'लेमैन' (सामान्य व्यक्ति) तन्त्र व व्यवस्था का शिकार है तो हर्षवर्द्धन सोनियों को आगे आकर मोर्चा खोलना पड़ेगा। लड़ाई सड़क पर उतरनी चाहिए।

वैसे मैं तो ख़ुद अदना–सा युवक हूँ। बेरोज़गारी से पीड़ित अपने आत्मसम्मान के लिए जूझ रहा हूँ। हार अभी नहीं मानी है। एम.ए. के दौरान आपकी 'तिरिछ' कहानी पढ़ी थी। आपकी और रचनाएँ पढ़ना चाहता हूँ मगर जेब साथ नहीं है। ख़ैर 'मोहन दास' के रूप में आपने मुझे बहुत कुछ सिखाया है। आशा है, पत्र व्यवहार कर मेरी हिम्मत बढ़ायेगे। मानसिक अवसाद के

कारण 'अस्वीकार' के बाद कोई अच्छी रचना नहीं लिख सका। अच्छा, शुभकामनाओं सहित

आपका पुत्र तुल्य
शेखर मल्लिक

मउन भण्डार ब्लॉक–2 आ.सं.–44/3, सिंहभूम पूर्व–3 झारखण्ड

× × × ×

22.8.05
दिल्ली

श्रद्धेय उदय प्रकाश जी,

आपकी कहानी 'मोहन दास' पढ़ी। आज़ादी के पचास वर्षों बाद भी अपने यहाँ 'मोहन दास' की संख्या बढ़ रही है। मोहन दास को पैदा करने वाले सिर्फ़ काबा दास या पुतलीबाई ही नहीं रह गये।

और कस्तूरीबाई तो कब के अपने कपड़े उतारकर यहाँ–वहाँ घूम रही है।

'मोहन दास' किसी जाति विशेष का नहीं रह गया क्योंकि वह हर जगह, हर मोड़ पर अपनी बाईं काँख में फ़ाइल दबाए घूम रहा है। यह उसकी समस्या मात्र सामाजिक नहीं रह गयी, उसकी पहचान उसकी सामाजिक इकाई ही नहीं रह गयी है अपितु उसके इर्द–गिर्द जो अर्थतन्त्र चल रहा है वह उसे बार–बार किनारे लाकर पटक देता है। वो दिन दूर नहीं जब वर्गों का विभाजन जातीय होते हुए भी आर्थिक होगा।

'मोहन दास' इस बाज़ार का मात्र एक प्रोडक्ट बनकर रह गया है और प्रोडक्ट तो क़ीमत में पहचाना जाता है।

इतनी अच्छी कहानी के लिए ढेर सारी बधायी। पढ़कर लगा पिछले 5–7 वर्षों का पढ़ा जाना सब कुछ एक कहानी के गिर्द

चुक जाता है। सचमुच शब्दों का चमत्कार यूँ ही होता होगा।

आपका शुभाकांक्षी

अच्युतानन्द मिश्र

9/36 ए, थर्ड फ्लोर, डबल स्टोरी विजय नगर, दिल्ली

× × × ×

24.806

घलौली

आदरणीय उदय प्रकाश जी,

प्रणाम

कोई 20–25 बार आपकी कहानी पढ़ चुका हूँ। आपको पत्र लिखने का कारण आपके लिए हास्यापद हो, पर मेरे लिए अति गम्भरी व महत्त्वपूर्ण है। महोदय, कहानी पढ़ने के पश्चात् मन में 'सत्य–असत्य' का एक द्वन्द्व शुरू हो गया है। मुझे लगता है मेरी हालत भी कहीं 'मोहन दास' जैसी तो नहीं हो जायेगी। 23 साल का ऊर्जायुक्त नौजवान हूँ। क्या नैतिकता वर्तमान में ठीक नहीं? क्या छल–प्रपंच का जीवन शुरू कर दूँ? कृपया उत्तर ज़रूर दें। आपको उम्रभर के लिए मार्गदर्शक व गुरु बनाना चाहूँगा। 'मोहन दास' जैसी कहानी आज तक न पढ़ी न सुनी।

धन्यवाद।

अनुराग त्यागी

वी.पी.ओ. घलौली, ज़िला–सहारनपुर–2475540 (उ.प्र.)

× × × ×

3.9.05

रायपुर

भाई उदय प्रकाश।

लम्बा जियो, ख़ूब लिखो। आज ही राजनीति का अलग–सा

घृणित एक चेहरा और देखने–पढ़ने को मिला 'मोहन दास' के शीर्षक से। देखने इसलिए कि आपकी टिप्पणी कहानी के बीच की देखी हुई ही है।

अपने 25 वर्षों के रचनात्मक, सांस्कृतिक जीवन में अनेक रचनाएँ पढ़ीं, किन्तु रची–बसी की श्रेणी में यह रचना भी शामिल हो गयी। 'पाल गोमरा' भी पढ़ी थी। पी.डब्ल्यू.ए. (प्रगतिशील लेखक संघ) के संयुक्त पाठ में। आई.पी.टी.ए. (इप्टा) के साथियों से इस कहानी पर बात हुई है। खेलने की सम्भावना वाली कहानी है।

ग्रामीण–आदिवासी परिवेश को और जुझारू होना पड़ेगा। इस कठिन समय में मोहन दास और जूझते, संघर्ष करते ऐसा लग रहा था। हर्षवर्द्धन और पैदा हों, मनुष्यता बची रहेगी। ऐसी इच्छाओं के साथ–

सलाम!

मोईज़ कपासी

चूरी लाईन (गोले बाज़ार), रायपुर (छ.ग.)

× × × ×

5 सितम्बर, 2005

भाई।

आदाब

क्या 'मोहन दास' का उर्दू में अनुवाद करने की अनुमति से मैं वंचित रहूँगा। कोई कुसूर हो गया मुझसे?

14.8.05 को जवाबी कार्ड भेजा था, पर आपने जवाब से महरूम कर दिया मुझे। अगर कोई गुस्ताख़ी हो गयी हो तो माफ़ी का तलबगार।

आपकी ही

हैदर जाफ़री सैयद

पोस्ट बॉक्स–468, कानपुर–208001

× × × ×

21.8.05

प्रिय भाई उदय प्रकाश जी,

'हंस' के अगस्त 2005 अंक में प्रकाशित कहानी 'मोहन दास' ने मुझे अत्यन्त प्रभावित किया है। इस सम्बन्ध में मैंने आपके साथ दूरभाष पर बात भी की थी। मैं इस कहानी को पंजाबी में अनूदित करना चाहता हूँ। इस सम्बन्ध में आप अपना स्वीकृति पत्र, आपका बॉयोडाटा और एक फ़ोटो भी भिजवा दें।

आशा है आपका उत्तर इस सम्बन्ध में शीघ्र ही प्राप्त होगा। इति।

आपका

राबिन्द्र सिंह बाठ

डी–64, गुरु नानक देव यूनिवर्सिटी कैम्पस, अमृतसर–143005

× × × ×

घाघा घाट रोड, पटना–800006

15.9.05

प्रिय भाई,

'हंस' के अगस्त, 2005 के अंक में प्रकाशित अपनी महाकाव्यात्मक कहानी 'मोहन दास' के लिए मेरी हार्दिक बधाइयाँ स्वीकार करें।

आपका

नवल

(नन्द किशोर नवल)

× × × ×

17.9.05

क्योतो (जापान)

प्रियवर उदयप्रकाश जी,

बरसों बाद मैंने अपनी बन्धी चर्या को खुली ढील देकर 'मोहन दास' कहानी पढ़ी। यह तो मैं पहले से ही जानता था कि पूरी पढ़ने के बाद एकाध दिन अपना नियमित कार्य न कर पाऊँगा। स्कूल में मेरे एक अध्यापक थे, जो बच्चे को मारते तो कभी न थे मगर सज़ा देने का उनका तरीक़ा अनोखा था! वह उसके दोनों कन्धे पकड़कर ज़ोर झकझोरते, लगातार, इतना कि पूरे धड़ की हड्डी–हड्डी हिल उठती! कुछ–कुछ ऐसी ही मानसिक अवस्था थी, इसे पढ़ने के बाद।

इसके पूर्व 'वारेन हेस्टिंग्स...' और 'छप्पन तोले...' कहानियों की भी मुझ पर समान प्रतिक्रिया हुई थी! पहली वाली कहानी मैंने किसी पत्रिका के विशेषांक में पढ़ी और इस कथा के अँधेरे भू–गर्भी तनाव से भी मैं कई सप्ताह तक छुटकारा न पा सका था। एक और कहानी है, 'तिरिछ' जिसे मैं अपनी अब तक पढ़ी हुई सारी श्रेष्ठ निर्दोष कहानियों में गिनता हूँ। मैं अनुभव कर सकता हूँ किस दैहिक–मानसिक तनाव को झेलने के दौरान और बाद में ऐसी कहानियाँ लेखक लिखता है–मेरे ध्यान में अकुतागावा, स्टीफ़न ज़्वाइग और फ्रैंज़ काफ़्का के नाम अनायास आते हैं। क्या यह मात्र संयोग है कि इन सभी कथाकारों ने रूपक गाथा के स्थान पर प्रतीक कथा को चुना! रूपक कहानी में तो पाठक कथा का स्वाद ले सकता है; मगर प्रतीक नीम अँधेरे में फैलते हुए लाल धब्बे–सा आतंकित करता स्मृति में थरथराता हुआ क़ायम रहता है।

लक्ष्मीधर मालवीय

❐❐